把每一寸光阴

过成良辰美景

依然月牙 —— 著

台海出版社

图书在版编目（CIP）数据

把每一寸光阴过成良辰美景 / 依然月牙著 . -- 北京：
台海出版社，2017.12
ISBN 978-7-5168-1687-5

Ⅰ . ①把… Ⅱ . ①依… Ⅲ . ①随笔—作品集—中国—
当代 ②散文集—中国—当代 Ⅳ . ① I267

中国版本图书馆 CIP 数据核字（2017）第 297598 号

把每一寸光阴过成良辰美景

著　　者｜依然月牙

责任编辑｜王　萍　　　　　　　策划编辑｜郭海东　张　颖
装帧设计｜尚书堂　　　　　　　责任印制｜蔡　旭

出版发行｜台海出版社
地　　址｜北京市东城区景山东街20号　邮政编码：100009
电　　话｜010 — 64041652（发行，邮购）
传　　真｜010 — 84045799（总编室）
网　　址｜www.taimeng.org.cn/thcbs/default.htm
E — mail｜thcbs@126.com

印　　刷｜北京嘉业印刷厂
开　　本｜880 毫米 × 1230 毫米　1/32
字　　数｜181 千字
印　　张｜8
版　　次｜2018 年 3 月第 1 版
印　　次｜2018 年 3 月第 1 次印刷
书　　号｜ISBN 978-7-5168-1687-5
定　　价｜39.80元

序 言
收集每一寸光阴里的良辰美景

秋往深处行。

路边的栾树，撑开金黄的斗篷，耀眼如斯。高远的天空，扯出几缕白云，明亮纯净。

才见桂花在枝头抱团嬉笑，眨眼间，只留一小撮褐色的干花贴在枝丫。秋来秋去，花开花落，只在瞬间，忍不住想叹息，却闻到桂花留下的香，细细地，执着地，空中徘徊。

低头，微笑。

谁说花落了就是消失，它以另一种方式，散布于空中。

这样的时节，我想起我的家乡，枫叶渐次燃烧，芦苇慢慢苍茫，稻谷悄然饱满。田间地头的野菊花，滚滚而来。风中，丰收的笑声，漫溢而去。大豆、高粱、玉米、红薯、芋头，像摊开的赞美诗，等待农人吟诵。

"爱汝玉山草堂静，高秋爽气相鲜新。"我在杭州的小屋，反复诵读杜甫的诗歌。

谁说远离了就是忘却，家乡，以另一种形式，滚烫清晰。

闲暇的时候，出去走走。家门口，直走，左拐，便是五柳巷。从巷口望去，一串串转动的五彩风车，在屋檐、在树梢、在河面。有人说，这些风车是五柳巷的一位老奶奶手工制作的。她收集各种各样的广告纸，裁成风车，制成鱼灯，折成花朵……她将这些精美的纸艺品悬在窗口，悬在树梢，悬在路灯下，还送去附近的医院，给苍白的病房注入色彩。

我不认识这位老奶奶，听到这个故事的那一天，我坐在五柳巷东河的小船上，风儿细细吹，河水轻轻晃，五彩的风车，滴溜溜地旋。

天地安静，阳光闪亮。一些柔软的缤纷，斑斓闪烁。

我仿佛望见她——那个满头银发、笑容祥和的老奶奶，坐在小院里，脚边堆满各色的纸，如同端坐在五彩的祥云上。

生活哪来那么多的惊天动地？感动你的，只是寻常里的小美好。

友人问，转塘有花海，约否？

去，当然要去的。

一个多小时的车程，收获了一场惊喜。

清凌凌的水，蓝盈盈的天，雪白的石头，成片成片的格桑花。风很大，花浪翻涌，起伏不息。或白或粉或紫的格桑花簌簌摇曳。倒扣的星海？打翻的颜料？翻滚的绸缎？穷尽所有的比喻依然无法临摹。只有亲临，才能感受，那淹没一般的浩瀚。

坐河边，听风，听水，听花朵静静开。

这样的吉光片羽，如风中飞舞的蝶。

琴儿姐姐说：一个人能耐得住平凡，并能在枯燥中体会到丰富，是需要定力与心智的。生活琐碎而有条不紊，每一个不经意的缝隙里都有可能开出喜出望外的花朵，虽然细小，却动人。

喜欢这样的文字，细品、慢饮、浅酌，让每一个词在心间打转。

耐得住平凡，枯燥中体会丰富。我愿意有一双清澈的眼，一双灵巧的手，收集温暖，收集吉祥，收集生动，收集每一寸光阴里的良辰美景。

角落里的大蒜悄无声息间拱出嫩嫩的芽。将它改在瓷碟，添水，晒太阳。看它抽出拇指长的叶，长出银鱼一般的须。阳光下，笑意盈盈。

学校办公桌常常收到不署名的小礼物：一盒饼干、两颗巧克力、一个甜甜的大橘子……或者是同事，或者是学生，谁知道呢？有人在默默地关心你。细微的甜，蜻蜓一般，盈盈而落。

感动你的，近在咫尺。

呵护你的，就在身边。

手边的多肉植物，眼前的红茶，门前一闪而过的微笑，以及这晴朗朗的天，黄灿灿的叶，都让人莫名幸福，莫名快乐。

塔莎奶奶说：我一直都以度假的心情度过每天、每分、每秒。

光阴如绣，蔓草生香。

这世间的一切，烟火与寻常，繁花与落叶，空灵与禅意，我皆用文字来赞美。

　　点燃月亮，等你来。

　　三月桃良、四月秀蔓、八月星光、九月草木，每一篇，每一章，
皆是爱呀……

目 录

第一辑 愿你被世界温柔对待

《匆匆那年》里的乔燃说"曾经你是我的秘密，我怕你知道，又怕你不知道，又怕你知道却装作不知道，我不说，你不说，又远又近。"

第二辑　生活越素简，内心越丰盈

　　雪小禅说，饮食简明扼要，生活删繁就简。梭罗说，一个人，只要满足了基本生活所需，不再戚戚于声名，不再汲汲于富贵，便可以更从容、更充实地享受人生。素简，是一种横亘的力量，低调、持久、温和。

第三辑 把生活过成你想要的样子

这是我想要的小日子，有大把大把的时间自由支配，买菜、烹饪、洗涤、阅读、写字、听歌。孩子依偎，他在身侧，书架上的花儿，一朵一朵开，窗外的月亮一寸一寸飘……

第四辑　　不负光阴不负卿

　　这些年，一个人在遥远的城市，想念母亲烧的菜，想念母亲说的话，想念母亲晒的被。世间的诱惑有多少？年岁越长，越往烟火处走。心中所念，不过是家常的欢乐罢了。

第五辑 诗，不一定在远方

　　万事万物，辩证存在，以宽容、原谅和善心对待眼前琐细的烦，便会看到近处的诗。一个人的朝拜，一个人的诗。诗，不一定在远方。缺的，只是一颗安宁、干净的心。

愿你被世界温柔对待

《匆匆那年》里的乔燃说"曾经你是我的秘密，我怕你知道，又怕你不知道，又怕你知道却装作不知道，我不说，你不说，又远又近。"

三生三世，深情依旧

1.

在纸上写下"深情"两字，仿佛看到水波渺渺，看到桃花十里，看到群山绵绵。一个"情"字让人心动，世间人事，不外乎关于"情"，爱情、亲情、友情，没有"情"哪来人与人之间的牵绊。"情"若细丝，纵横交错，每一个结点，或心动，或不舍，或眷恋，有前世，有今生，还有此时此刻的时光静好。

"深"呢？从"此"到"彼"，从"表"到"里"，距离长，长，长。

"情"怕"深"，好比"粉红"变"朱红"，红到不能自已，只担心，星火一碰，便要燃烧起来。

金庸先生写过："情深不寿，慧极必伤。"

可见，过于汪洋的东西，总是不够绵长的。

但是，也有人说，如果没体验过"情不知所起，一往而深"，活那么长久又有什么意思呢？

一生，至少该有一次，为了某个人，而忘了自己。这是徐志摩说过的话。

虽然，春短，花落。至少那色彩，真真实实地触摸过。

2.

电视剧《三生三世十里桃花》，每天两集，让人紧追不舍。只因，男主"夜华"把"深情"演绎到神的境界。

为了女主——素素，夜华愿意放弃四海八荒的天下，愿意接受七七四十九天的雷霆之刑，愿意以身试刀"假死"。为了能和心上人素素在一起，天族太子夜华，有什么不愿做的呢？

倾其所有，不后悔！

人仙有别。区区凡人"素素"如何配得上天族储君——夜华。

但他就是喜欢她，明明知道不可能，依然喜欢。

一身玄衣，一袭黑发，眼如星，眉似墨，如此夜华，无论站哪，明珠一般，光芒万丈。不苟言笑，冷冷淡淡的他，谜一般看不透。谁又知，他的内心，竟有深情如海洋，起伏千里，惊涛骇浪。

即便是他的妻——素素，也未必知。

她终究不堪小人陷害，纵身一跃，跳下诛仙台。

他毫不犹豫，随之跳下，却被救回。

素素死，夜华伤。其母怜他饱受情殇，劝其喝下忘情水。

他说，她是几万年的生命中唯一的一抹色彩，舍不得忘。

舍不得！唇齿之间吐出这三个字，低低沉沉，有多无奈，就有多苦涩。

舍，即是得，得即是舍。夜华，堪不破。

因为，情到深处——舍不得。

3.

民国是出大师的年代，亦是爱情生发的年代。梁思成与林徽因、张学良与赵四小姐、徐悲鸿与孙多慈……惊天动地的情爱在民国的土地上，披荆斩棘，焕发神采。

1931 年，金岳霖初识林徽因，一眼便是羁绊。

他一生未娶，与她毗邻而居。

默默陪伴，远远观望，以一颗坦荡之心，将"爱"在朋友的界限里轻轻收藏。

1955 年，林徽因去世，金岳霖号啕大哭，写下挽联：一身诗意千寻瀑，万古人间四月天。

多年后的一天，金岳霖邀请一帮好友到北京饭店聚餐，大家不知金岳霖此举所谓何意。饭吃了一半，他忽然站起来黯然地说，今天是林徽因的生日。此时，他已两鬓斑白，他的深情却一点不见老。众人听后，感慨万千，唏嘘不已。

1984 年，年近九旬的金岳霖在医院度过人生的最后时光，有人将一张林徽因的照片递给他。几近虚弱的他忽然来了精神，紧紧地捏住照片，细细端详，慢慢摩挲。时光纷飞，记忆飘闪，老人沉浸在往事中，思绪万千。许久，他慢慢地抬起头来，眼里含泪，渴求地说：

"给我吧！"

"我所有的话，都应该同她自己说！"这是他留下的最后一句话，说完，低下头，安静地去了。

——我所有的话，都应该同她自己说。

——但是，不能说。

——不能说，放心里。

——静静地望着她，她幸福，我就好。

——说，或者不说，我的情一直，一直都在。

因为，有一种深情叫——不打扰。

4.

年少，读《红楼梦》，反反复复读三十二回：

宝玉说："你放心。"

林黛玉道："我有什么不放心的？我不明白这话。你倒说说怎么放心不放心？"

宝玉问："你果不明白这话？难道我素日在你身上的心都用错了？连你的意思若体贴不着，就难怪你天天为我生气了。"

林黛玉道："我不明白放心不放心的话。"

宝玉叹："好妹妹，你别哄我。果然不明白这话，不但我素日之意白用了，且连你素日待我之意也都辜负了。你皆因总是不放心的缘故，才弄了一身病。但凡宽慰些，这病也不得一日重似一日。"

每每读到这，心如倒翻的瓶儿，酸、甜、咸、苦、涩……齐齐儿涌上来。只觉，这宝玉说出的三个字，有如雷电，又酥，又麻，又疼，又痛，真真让人失落心魂一般，呆呆地，愣愣地，百转千回，千回百转，万语千言，千言万语，不知从哪一处说起。

"你放心，我的心上只有你。"

"你放心，我绝不会负了你。"

"你放心，我只要与你在一起。"

……

黛玉的忽而生气忽而恼怒，只因不放心。

宝玉把这三个字从肺腑里掏出来，热乎乎地递给她，是承诺，是坦诚，是懂得，是担当，是誓言，是想让黛玉一颗敏感脆弱的心，踏踏实实、妥妥当当、甜甜蜜蜜地安了心。

有人说，比"我爱你"更动听的三个字便是"你放心"。

果然，一句"你放心"，猜忌、误会、纠结，纷纷摇落。把"放心"揣心里，气儿顺了，脚步稳了，笑容爬上脸蛋儿了。情在这，爱在这，圆满的未来，亦在这，还有什么好气恼的？还有什么好哭泣的？

没有，再也没有了。

只想，也把自己的一颗心亮堂堂地捧出，对着他也说："你放心！"
短短的三个字，胜却世间誓言万千。

因为，有一种深情叫——你放心。

5.

在文学网站流连，遇见一女子。

她的文章更新勤快，每日一篇。她的文章也有趣，每篇写给一个人，写着思念，写着爱恋，写着忧伤。

细细读来，竟也动人。

她暗恋他。只是这爱颇为禁忌。她有夫，他亦有妇。

没想到，这爱竟是不听话的，不管不顾，十里春风，浩浩荡荡地淹没而来。她想了许多法子，摁住思念的鸟，只是，种子一旦遇到泥土，必定要发芽的。不仅发了芽，还长了叶，攀了藤，开着花。

她活在思念的枝枝蔓蔓里，活在遮天蔽日的痛苦里。

她为他写情书，一天，一篇，一天，一篇，足足几百篇。

她走着他走过的地方，每一处山，每一处水，仿佛都有他。

她听着他唱过的歌，每一句旋律，每一句歌词，烙在心里。

听到他的声音会心跳如雷；看着他的背影会痴痴傻傻；她甚至见不得一个字，那个字是他的名……

深情是毒，沾上，戒不掉。她说，爱已穿透，四肢百骸，每一个细胞，都是他，都是他。

　　明明已经无药可救，可是他不知。

　　不知，不知。

　　永远不知。

　　读着她的文字，禁不住，泪流满面。

　　因为，有一种深情叫——他不知。

让成长顺其自然

1.

盛夏，母亲洗衣做饭，打扫庭院。一忽儿工夫，鼻尖滚出盐粒大小的汗，一颗一颗，密密麻麻。人常说，鼻尖出汗，劳碌命。我见了，总心疼，劝："大热的天，妈妈你少干点活，瞧你，满身大汗，多辛苦。"

母亲却是不在意的，挥一挥手，爽朗地笑，出汗好，人啊，只有在该流汗的时候流汗，身体才健康。

我是不信的，大热的天，挥汗如雨地干活，这不是找罪受吗？

我遗传母亲，一热，鼻尖会冒汗。鼻尖冒汗，顶讨厌，花了妆容，一点也不美。若出一身的汗，更糟糕，黏糊糊，沾了胶水一样，要说多难受就有多难受。

以前条件不好，没空调，没电扇，夏天总是一身又一身的汗。

现在呢？家家有空调，还怕出汗吗？

自然是不怕的。将空调温度稳稳地调至 24 度，盛夏成了隔岸的火。多少人躲在清凉的空调房过着"四季如春"的生活。

不成想，多年不出汗的我，体质越来越差。

天天干活的母亲，精气神竟比我好很多。

"伏天汗不流，病来急白头。""冬不炉，夏不扇。"老祖宗流传的话语，藏着许多道理。

冬冷夏热，自然规律。

现代人运用各种各样的高科技，活在恒温的世界，如同"反季节蔬菜"，终归是违反自然规律的。过度的舒适好比"温水里的青蛙"，不知不觉间，消耗了精神，终日倦怠。

读书，看到一篇文章，赫然写着夏天出汗有若干好处：排毒、润肤、减肥、提高免疫力、促进消化、增强记忆力……

惊出一身汗。

原来，主动出汗是一种自然现象，强过灵丹妙药。

所谓自然：事物按其内部的规律发展变化，不受外界干预。

而自然之道，包罗万象，其中一项仅仅是在夏天酣畅淋漓地出一身汗。

2.

年轻的时候，好出风头，总喜欢穿漂亮却不保暖的衣裳。

才是早春，天寒料峭。却是等不及地，早早脱了棉袄，脱了外套，脱了线衣。

一件薄薄的衬衣贴身而穿，婀娜、鲜艳、漂亮，以为美。

的确是好看，仿佛把春天穿在身上，一路姹紫嫣红。

老人们追后面喊："春要捂，春要捂。穿这么少．作死呀．"

扭头就走，谁听？谁也不会听。年轻的身体，暗伏隐隐的火，冷是什么？冻着是什么？青春需要美丽，在动人面前，什么都得让道，更何况只是一点点的冷，忍一忍，也就过去了。

有风，凛冽料峭。薄薄的衣裳，挡不了，风吹肚皮，透心凉。却是不管，有多美丽，就有多"冻人"。

好像没什么事，照样走路生风，照样笑声朗朗，照样活蹦乱跳。春天走了又来，来了又走。若干年之后，那个耐寒的我，落下隐疾，怕风、怕冷、怕冰凉的食物。深秋时节，早早裹上羽绒服。

那些年欠下的温度，仿若高筑的债，在往后的日子，一点点还。

而，互联网时代，年轻人猝死的消息，隔三岔五地惊现。

总会心惊肉跳。那么年轻，那么有才华，怎么会？

怎么不会！

长期熬夜、饮食不规律、作息紊乱，"年轻"再有资本，也经不起日夜不休的挥霍。

天涯三十多岁的副主编，猝死。

淘宝店的年轻老板，猝死。

日夜玩游戏的网吧少年，猝死。

……

原来，透支与死神仅仅只有，一步之遥。

渴了，要喝水；困了，去睡觉；饿了，得进食……

最简单的自然之道，有多少人正走在背道而驰的路上？

3.

里约奥运会，捧红了一个叫傅园慧的姑娘。

姑娘并不是金牌得主，仅仅因为一个采访视频，迅速蹿红。

人们喜欢傅园慧不加掩饰的天真，不含套路的回答，幽默风趣的金句。段子手、表情包、洪荒之力……这些词汇成了傅姑娘的标签。而，傅姑娘的微博，从五万人的关注量，一下子，暴涨到几百万。

神话一般。

人说，世有傅园慧，人间至此无网红。

究其原因，大多是因为傅园慧在二十岁的年龄，说着二十岁的话，有着二十岁的表情。一个姑娘用自身年龄的原本模样征服了国人。她自然，纯真，不做作，不拘束，不呆板。

见惯了戴着面具的笑容，听惯了含着套路的回答。傅园慧的横空出世，仿若一股清流，让人不禁欢喜。

人问，这样招人爱的姑娘父母是怎么教育出来的？

我想，她的父母，肯定不会过多地"教育"。只会在她的成长中"顺其自然"，呵护这份纯真的"天然"。

试看当下的独生子女，仿佛很幸福。那么多的大人围着一个孩子转。又仿佛很痛苦，学完奥数，学英语，学完英语，学钢琴……

他们的成长，父母操作，步步为营，精细到每一分钟。

常常会迷惘，现在的孩子与小时候的我们，谁更幸福？

小时候，我在乡下，天宽地阔，一放学，发了疯地玩。

游泳，河边自学的。

野果，山上自己采的。

劳动，田里自愿去的。

……

天地为教室，大自然为书本。稀里糊涂却也顺风顺水，也就大了。

而现在的大部分孩子，物质丰盈，学习量却很大。他们想吃什么就有什么，想穿什么就有什么，想玩呢，却不自由！辅导班、竞赛班、特长班，安排得密密麻麻，仿若一株正在被精心雕琢的盆景。

而傅园慧，一派天真，不受拘束，大大咧咧，如同一棵野生的树。

让孩子保持孩子原本的模样，不要拔苗助长，也不要过多规划。

或许，这便是教育的自然之道。

4.

这两天，互联网被王宝强的一份离婚声明所攻陷。

曾经的恩爱，过眼烟云。

有人质问，马蓉嫁给王宝强获取富裕安逸的生活，然后又从宋喆那里获取她想要的爱情，还觉得自己委屈，凭什么？

如果仅仅只是贪恋王宝强的财富与名气，这本无可厚非。而，民众一边倒的原因是马蓉把这场婚姻当成了交易，却又不甘心遵守交易的规则，暗度陈仓。

如此贪婪，令人生厌。

或许在痛过、欺过、瞒过、离过之后，全民"宝宝"——王宝强能大彻大悟，迎来自己新的幸福。

关于婚姻，脑海里一闪而过的竟是教堂里的宣誓：

"爱她、忠诚于她，无论她贫困、患病或者残疾，直至死亡。你愿意吗？"

"我愿意！"

"爱他、忠诚于他，无论他贫困、患病或者残疾，直至死亡。你愿意吗？"

"我愿意！"

婚姻的自然之道始于一颗真诚的心，如果一开始便是欺骗与交易，哪来的天长地久？

《浮生六记》里的芸娘与沈复心意相通，让人觉得最美的婚姻，当如此。

《我们仨》中的杨绛与钱钟书情投意合，让人觉得最好的婚姻，当如此。

娶妻，娶德，不娶色。

嫁人，嫁心，不嫁财。

还是老祖宗留下的话，怎么那么耐人寻味呢？

奶白的月光：刘若英

初识刘若英是因为《粉红女郎》。"结婚狂"方小平在刘若英的扮演下，极致人微，鲜活生动。方小平说话略微摇头的方式，笑起来捂住龅牙的样子，走路稍稍内八的姿态，都深深地留在我的脑海。她的质朴，她的善良，她的真挚，以及对爱情狂热地追求，为《粉红女郎》的电视剧添上最出彩的一笔。

方小平，粉红女郎的灵魂人物，让我深深喜欢。从此对她的扮演者——刘若英，多了些许的关注。

记忆中的她，是个清浅的女子，白白的肤质，秋水般的眸子。一笑起来，编贝一样的牙齿，一朵洁白的栀子花，雅致芬芳，耐人寻味。

再见刘若英，是很多年前的一场演唱会。她在台上深情地演绎一首歌曲《一辈子的孤单》。台下的她的粉丝很多，大声地叫着"奶茶，奶茶！"当时，觉得好奇怪，怎会有人的外号是奶茶呢？细思量却又觉得颇为妥帖，奶茶的温润、舒心是刘若英最好的诠释吧。我没有去深究奶茶的故事，却被她的歌声深深地迷住。

"我想我会一直孤单，这一辈子都这么孤单，我想我会一直孤单，这样孤单一辈子……"歌中反复出现的这几句，悲凉地揪住我的心。怆然的忧伤在旋律里浅浅行走，没有特别动人的嗓音，可她却演绎了千回百转的寂寞与伤感。从此，对刘若英又多了一层了解，原来她不仅会演戏，歌唱得也很不错。

陆陆续续地听到关于她的一些消息，知道她很红，得到很多很多的奖项。知道喜欢她的粉丝很多很多，大家都喜欢叫她奶茶，知道她的桃色新闻很少很少，几乎没有。知道她一直都没有结婚，知道……

却从不知道，"奶茶"的背后还有一个感人的故事，《一辈子的孤单》是在唱她自己的心声；却从不知道如此美好的女子，也会为爱痴狂、执着。

张爱玲说："遇见你，我变得很低很低，一直低到尘埃里，但我的心是欢喜的，欢喜地在尘埃里开出了花。"走进刘若英和陈升的访谈视频，看到的便是这么一位很低，很低，低到尘埃里走来的刘若英。

她半跪着为自己曾经的师傅陈升虔诚地送出新专辑。她在陈升拒绝 CD 后，抑制不住地泪流满面。她有时说着，说着就大笑；笑着就流泪。她听陈升唱《风筝》，专注的眼神似潋滟的秋水，明亮润泽，听着听着，隐隐的泪光却又泛泛而来。她在他面前无措、紧张；她在他面前卑微、小心；她会因他的一句话而情绪崩溃，她会因他的一个动作而安心微笑，她会因他要远离的决心而哭喊"我好累！"

在摄像机前，在这么多的观众面前，因为爱情，刘若英卸下了所有的装饰，成了一个为情所困、让人心疼的寻常女子。没有当红明星的风光，没有美丽女子的骄傲，没有才华横溢的优越。有的，只是为爱执着的坚持，为爱卑微的苦涩，以及无法挽留的伤心。

这是一个充满眼泪的访谈节目，刘若英从节目一开始便哭，一直哭到节目结束。

她说，或许我无法和你在一起，但我的心永远追随你！

他说，你是有才华的女子，就像风筝，属于你的天空很高很高，你应该自由飞翔。

她说，风筝的线还在，还在你的手上，只要你拉着那根线，一直找啊，找啊，就会找到我！

他说，奶茶已经跑那么远，跑那么远，跑那么远，风筝掉下来的时候，我接不到了，我接不到了，我接不到了！

她说，我们很久没见了。我都很少见到他，他不肯见我，也不肯来听我演唱会，他都不要见我。

他说，你有你的路，我有我的事。我的事情还没做完。你不会带动我，你今后要去的任何地方，都不关我的事了。你不会找到我。

……

整个节目在陈升的《然而》里结束了，美好而哀伤的歌词触动所有听者的心弦：

然而你永远不会知道

我有多么的喜欢

有个早晨 我发现你在我身旁

然而你永远不会知道

我有多么的悲伤

每个夜晚 再也不能陪伴你

当头发已斑白的时候

你是否还依然能牢记我

……

当头发已斑白的时候，你是否还依然能牢记我！最后一句歌词从陈升深情的演唱里滑落，我的眼泪也瞬间决堤。

不是不爱，而是深爱，把爱深深地埋在心底。在那一刻，我读懂了这个睿智而成熟的男人对刘若英的爱。这是大了刘若英10岁之多，已经有妻室的陈升对深爱之人的一种保护方式。他用自己爱的方式去拒绝刘若英的靠近，质问她为什么这么多年依然单身。他用自己爱的方式去帮助她，让她从一个默默无闻的小助理跃升为当红明星。他用自己爱的方式来赶走她。在刘若英最红的时候，主动与他解约。他用自己爱的方式在节目里决绝地告别：唱完这一首，我就离开，你们谁也不要找我！

再次走进刘若英的《为爱痴狂》，声声淋漓，句句忧伤，深深浅浅的疼在歌词里纷至沓来：想要问你想不想，陪我到地老天荒？想要问问你敢不敢，像你说过那样爱我？想要问你敢不敢，像我这样为爱痴狂？

不禁看到一个月白色的女子，一个人的舞步，旋转、飞扬、等待。她的痴，她的狂，她的情，只为一人。曾经沧海难为水，除却巫山不是云，一辈子的孤单，孤单的一辈子，在那女子清浅的笑容里苍白绽放。心，有丝丝的疼溢出，为她的静好，为她的清纯，为她的深情。

那一刻，泪如雨下。为她，心中的刘若英。

几年后，听到刘若英结婚的消息。一个姓钟的男子，成了她的夫婿。前几年，又听到刘若英生子的消息，一个男孩。

至此，她极少在娱乐圈出现，却为她高兴，这朵清雅的栀子花终是在俗世里迎来自己的安好。

她静静地开，奶白的月光一般。

那年花开月正圆

《那年花开月正圆》终于迎来了大结局。有多少人被沈星移热烈直白、全力以赴的爱所感动？

莫名地，我却更喜欢沉默深情的赵白石。

山有木兮木有枝，心悦君兮君不知？

克己复礼的赵大人，偷偷地爱着周莹，除了他自己，以及深爱他的吴漪，谁也不知道。当周莹在吴家祠堂发誓永远不会改嫁的时候，赵白石紧紧握住的拳头攥出了血。

"我的悲伤逆流成河，却只有我自己知道。"手心里的血，隐而不发的情，赵白石三缄其口，任由汹涌的疼在心上横冲直撞。

有一种爱，又苦又涩，让人想哭。

有一种情感，不动声色却又波澜万丈。

在这部长达 74 集的连续剧里，周莹像水中的月亮存在于赵白石的思念与牵挂之中。水中的月亮，那么远，那么近，等到一伸手，碎了，散了，什么也抓不住。

赵白石读圣贤书，念"非礼勿视、非礼勿听"想阻止这份该死的爱。甚至想怒拍"惊堂木"将这份不合礼法的爱缉拿归案。可是，英明一世的赵大人栽了，他根本忘不了。

或许，是舍不得。因为，苦痛之中，亦有一丝的甜蜜。那么，扛着它，伏尔加河上的纤夫一般，沉默地，持续地，心甘情愿，日复一日地拉着那艘"暗恋"的船。

他将周莹撕下的布条小心翼翼地揣在袖子里，还不忘温柔地按压一下。

他将周莹从三寿帮解救出来后，立在山巅，目送她的马车渐行渐远。

他听到周莹从迪化回来，牵马即去，到了她的家门口，又悄悄地挥马而归。

……

暗恋是甜蜜的苦役。周莹是赵白石心底的白月光，没有尽头，澎湃汹涌，却又沉溺其间，苦涩并快乐。

世上最矛盾、最痛苦的是什么？

赵白石说，是明知不可为，却忍而不可舍也。

忍而不可舍。

绝情谷，小郭襄用了第三根金针，求杨过不要轻生。杨过死意已决，纵身一跃。郭襄毫不犹豫，随他而去。

叶底藏花一度，梦里踏雪几回。宫若梅念念不忘叶问。她说，喜欢一个人又不犯法，她喜欢他，也仅仅止于喜欢。

《匆匆那年》里的乔燃说："曾经你是我的秘密，我怕你知道，又怕你不知道，又怕你知道却装作不知道，我不说，你不说，又远又近。"

……

　　小时候玩捉迷藏，躲在暗处，大气儿不敢出，怕找的人发现，尽其所能藏得深，耳朵却竖起，眼睛却盯着，时时刻刻关注寻找那人的一举一动……

　　暗恋，竟也有相似的地方。

　　那点心思，东躲西藏，遮遮掩掩，整个的魂却附在那人的身上。

　　她笑，他就晴空万里；她哭，他就大雨滂沱。

　　只是，捉迷藏，多么开心的游戏，而暗恋，有多辛苦就有多悲情。

　　锅炉里的炭，看似停止燃烧，谁知白色灰烬之下，红红的焰，持续安静地焚。拿树枝稍一挑拨，火光四溅了，烈焰灼灼了。如果不去探究，谁能了解灰烬之下的滚烫，让人生，让人死，让人灰飞烟灭。

　　暗恋，灰烬下的火焰。

　　明明在她必经的图书馆等了她三小时，她来的时候，却云淡风轻问一句，你也在这里啊。

　　明明站在走廊偷偷地看他打篮球，却对偶遇的同学说，今天的天真蓝啊。

　　明明脑海里下了一万次的指令去找他，双脚却成了一颗规规矩矩的行星，按照既定的轨道，不偏不倚地运行。

……

　　傻呀，真的傻。

明知傻，却一世深情，无怨无悔。

《人间乐》里的无尘，暗恋大小姐凝脂。凝脂离开邵府，成了江南最具传奇的名妓暮雪。五尘成了冬日暮雪阁的大管家。

他帮她隐瞒失贞的实情；帮她杀掉许多伤害她的人；帮他挡住嫖客，受尽凌辱。

五尘？无尘？

本来无一物，何处惹尘埃。

《红楼梦》里的妙玉，身居栊翠庵，隐士一般高洁的她，欲隐何曾隐？她对宝玉不可言说的情思，在曹公的笔下若隐若现。

才下眉头，却上心头。

明明了却红尘，红尘里的那块玉，却在心里不断回响。

她也不想的，但是就是没办法。

她会在宝玉生日的时候送上贺卡。

她会听到宝玉某一句话语，红了脸。

她会用自己常日吃茶的绿玉斗给宝玉斟茶。

……

南有乔木，不可休思。

电影《摆渡人》，小玉暗恋马力。

她的爱持续、长久、隐晦、苦涩。马力就像无法抓住的风，他从小玉的心里一阵阵吹过，要伸手去抓，却无法触及。

马力颓唐了，从当红歌星，成为借酒浇愁的醉汉。

小玉出现了，为他求人、花钱、调兵遣将，送给他一个演唱会。

……

马力重新焕发自信，召开盛大的演唱会。他在舞台上光芒四射，小玉却走了。她对他说，台下的每一个人都是我。

周冲说，暗恋到底是暗地花开，锦衣夜行，一旦遇着硬邦邦、明晃晃的事实，砰的一声，就要撞得心碎了无痕。

好一句心碎了无痕。

文友雨儿偷偷地喜欢一个不该喜欢的人。

很长的时间里，她任由一个人想象的爱恋枝繁叶茂地生长。她像收集邮票一样，收藏他的点滴信息：他的姓名、他的微笑、他说过的每一句话、他的书籍、他用过的笔、他随意写过的纸条……

每一个寂静的夜晚，她搂着这些片段，循环回放。

她以为，默默地看着他，一辈子都不说，也很好。

朋友心疼她，她却微微地笑，说，人生至少该有一次，因为某一个人而忘了自己，情感的事，没有值不值，唯有愿不愿……

陌上人如玉，公子世无双

还是想写一写《三生三世十里桃花》中的夜华，又或许我想写的是夜华的扮演者——赵又廷。

"如画的眉眼，漆黑的发，临风玉树，笑起来仿佛三千世界齐放光彩。"这是原著作者唐七公子对夜华的描述。

当赵又廷扮演夜华的剧照在网上公布的时候，迎来一片讨伐声，观众们并不买账，有人笑称乌鸦精，有人说是《西游记后传》里的无天，还有人说像伏地魔。

甚至，很多人将赵又廷版的夜华，与电影版杨洋扮演的夜华相比较。大众一致认为，杨洋更年轻、更帅气、更具上神风范。

面对质疑，赵又廷并不介意。他说，一定努力，用心去演。

喜欢他的心态，听到诋毁，微微一笑。做好该做的事，一丝不差。

果然，电视剧才开播不久，《三生三世十里桃花》的收视率一路攀升，当初嘲笑赵又廷不够帅气的人纷纷跑到他的微博留言，继而转身成为他最忠实的粉丝。

网友们说，赵又廷具备"整容一般的演技"。

我想，对一个演员来说，肯定他的演技，是对他最好的赞美。

有人采访赵又廷，怎么看夜华这个角色。他谦虚地说，很欣赏夜华这个人，唯独"天庭第一美男"这个称号，无法担当。言下之意，赵又廷自己也觉得长得不够帅。

其实，电视剧里一身玄衣的夜华，相当好看！长发垂腰、鬓若刀裁、头顶玉冠，一个侧脸，堪称盛世美颜。

长得好，又努力演戏，如此赵又廷，怎会不招人喜欢。

东荒俊疾山，夜华与素素初相遇。

太子夜华，脱去高冷的模样，初遇凡人素素，一分无赖、二分天真、三分可爱还有一点点未脱的稚气，对着素素微微一笑的样子，很倾城。

夜华的人物性格，高冷居多，很容易演成面瘫。赵又廷却能很好地把握人物内心变化，利用细微的表情，诠释波澜的情感。

比如，看着素素的时候，眼睛含着情，嘴角微微上扬，暖暖如春风。

比如，明明是自己将睡着的素素抱上床，又骗她，说是她自己爬上来。说得一本正经，又隐忍着笑意的模样让观众乐到内伤。

再比如，东海强吻的那一场戏，因为误会墨渊才是浅浅的心上人，那时的他伤情又深情，苦涩又缠绵，失落又隐忍，明明惊涛骇浪，偏偏担心伤害她，这一吻，孽海情天，迷妹们的心"怦怦"乱跳。

至此，太子夜华，才是真实生动的夜华，有着喜怒哀乐、七情六欲的他，很迷人，很凡人。

而最终让赵又廷的演技得到首肯的是他的哭戏。

赵又廷自己也在微博里戏称是哭戏最多的"女主角"，更有网友戏称"泡在水里的小金莲"，眼泪说来就来。

结魄灯那一场，眼泪在飞。

点灯哭；灯丢了哭；用自己的元神点灯，被三叔制止，再哭。

他的哭，有层次，先是轻轻落泪，再是失魂魔怔，最后是全盘崩溃。

哭得迷妹们，肝肠寸断。

随着剧情的播出，越到后面，收视率越高。有人说，已经有一大拨的人，被夜华俘获，而且还有更大一拨人正在被俘获的路上。

赵又廷的微博，一天之内就上涨五十多万粉丝。

从不追星的我，也会为他更新的微博默默点个赞。

只，几秒钟，评论如潮，点赞数万。

有人说，如同翁美玲之于黄蓉，李若彤之于小龙女，赵薇之于小燕子，赵又廷之后，再无夜华。

也有人说，以前很多人羡慕赵又廷娶了女神高圆圆，现在，很多人，羡慕高圆圆嫁给赵又廷。

当初，高圆圆与赵又廷恋情公开。

圆圆说，很多朋友听到我的择偶条件时，都说我要的老公不在这个世界上，但遇到赵又廷后，他让我知道我的想象力还不够丰富。

他说，爱上了高圆圆，就是"一生一世"。

2014 年，他们结婚。至今，恩爱如初。

没有绯闻，没有出轨，明晃晃的婚戒，任何时候，他都戴手上。

他说，除了圆圆，其他演对手戏的女演员，在他眼里都是男的。

如此痴情，如此专情。这样的赵又廷很干净。

还有人说，细看赵又廷的人生，就是活生生的夜华太子本身。

出身名门星二代的他，在父亲"活体赵氏家训"熏陶之下，成为娱乐圈的一股清流，不去夜店，不打麻将，自律规矩，正直如同天庭太子夜华。他有礼貌，有涵养，低调，不张扬，甚至连采访时的套路话也不会说，待人接物彬彬有礼，不虚伪，不油腻。

写到这，不禁想到拍摄《三生三世十里桃花》的一个小插曲，在俊疾山，素素与夜华同房，有一句台词——"不要怕，会有点疼"，赵又廷打死也说不出口，最后大家都没办法再演下去，导演亦无可奈何，只有删了这句台词。

他说，太肉麻，真的说不出口。

或许，这就是赵又廷自身教养之中的高贵与端庄。很多时候，本色出演的他，无形之中将太子夜华的气质传递，让人觉得，夜华，就该是赵又廷的样子——温润如玉、君子谦谦。

如此"游艇"，我想，该是值得粉丝们去喜欢与呵护的。

不知不觉，《三生三世十里桃花》五十多集，居然一直追着看完。对于几乎不看连续剧的我，实属罕见。

不管是墨渊还是夜华抑或是赵又廷，于我而言，是春天里一场美丽的遇见。

陌上人如玉，公子世无双。

唯愿，名利熙攘的娱乐圈，他永远是那朵干净的桃花。

菜花一样的真女子

菜花拱出来了，一朵又一朵。金黄的色，简单的朵，明媚，闪亮。

这不懂矜持的花，开得没心没肺，开得大大咧咧，开得没有一丝一毫的架子。说到底，它的骨子里，有着山乡的野蛮与泼辣，风吹不倒，雨打不坏。一抹亮眼的色彩，满溢的春水一股，又热烈，又执着，又霸道。

乡下人，很少把它当作花来赏，在他们的眼里，菜花和土豆、芋头、稻谷并没有区别。没品、没相，登不了大雅之堂，入不了诗，上不了画。可它并不在意，守着一颗灼灼的心，春风十里地开，开得没边没际、浩浩荡荡、无法无天。

也就想起民国女子——江东秀，胖乎乎、肉嘟嘟、烈性子的江冬秀，裹脚，没文化，却嫁给留洋海归教授——胡适。村姑和博士？多少人不看好这段婚姻，有多少女子暗地里觊觎才子的风流倜傥。

包办的婚姻，泥糊的墙，风吹，雨落，不甘心的裂缝长出风情的花。

胡适去杭州养病，遇上曹诚英。才子佳人，花好月圆。爱情，落地生根。他，享受着人世间最美好的甘甜，发妻、儿子，抛诸脑后。

回家，胡适抖抖索索，想与江冬秀摊牌离婚。

　　话未说完，江冬秀毫不犹豫地拿着一把刀，以两个儿子与自己的性命相要挟。他吓得魂飞魄散，至此，再不敢提离婚两字。果敢的江冬秀，破釜沉舟，捍卫婚姻，终与胡适，白头到老。

　　想来，江冬秀拿起锋利刀子的那一刻，是豁出去的。那样的悲壮、决绝、全力以赴，像极了乡野的菜花。

　　掏出来，掷出去，不遮掩，不委屈，不求全。不是黑，就是白。要开就开得天翻地覆，若凋谢，豁出身家性命，也不怕。

　　这是菜花的性情，也是江冬秀的气质。

　　人都说，江冬秀配不上大才子胡适，可是，又有谁知道，她的茁壮、野蛮、勇猛，在风雨飘摇的年代恰恰为家庭撑起了一把无形的伞。

　　说到底，胖乎乎的她有着不一样的风采，虽然不高贵，可也接地气。她有一手好厨艺，管家、理财，皆擅长。更何况豪爽的她也有温柔心。胡适病，她写信，一句"想你三四夜，睡不着，我也病了"，让人怦然心动。

　　这样的江冬秀，菜花一样，不管处于何种境地，总有办法将日子经营得风生水起。

　　她与他，纵不能意趣相投，到底也能吵吵闹闹相伴到老。

　　生日之时，胡适为她作一首诗：

　　他干涉我病里看书，

常说："你又不要命了！"

我也恼他干涉我，

常说："你闹，我更要病了！"

我们常常这样吵嘴——

每回吵过就好了。

今天拾我们的双生日，

我们定约，今天不许吵了！

我可忍不住要做一首生日诗，

他喊道："哼！又做什么诗了！"

要不是我抢得快，

这首诗早被他撕了。

读之，忍俊不禁。

婚姻的形式千万种，谁说，这不是恩爱的一种？菜花一般，又俗又烈又美又烟火……

春风起，菜花开。

尤三姐站在宁国府，笼住一袭光，叉着腰，跺着脚，吐着酒气，毫不留情地撕下贵族绅士的假面具。

果敢、泼辣、无畏的尤三姐，以玩弄调戏玩弄，将锋芒铸在利剑一般的话语里，又尖刻又威严，让贾家的公子哥们，赤裸裸现了形。

她像一道光，照亮宁国府的腐败与堕落，又像一块玉，跌入污泥，斑驳痕迹。这样的她却说，终身大事，一生至一死。等他来了，嫁了他去，若一百年不来，修行去。

她，爱上柳湘莲，非他不嫁。

柳却说，宁府，除了门口的两对石狮子是干净的，猫儿、狗儿也是脏的。遂，索回定情鸳鸯剑。

刚烈的尤三姐，拔剑自刎。以死来度化生命的洁净。

满田菜花，籁籁摇曳。

我想起她，着大红袄，穿葱绿抹胸，两个坠子打秋千一般。

她的笑，点亮四面的风。

春分之后是清明，菜花正当时。

定是要寻了去。

家乡的菜花看过，不算的，还要赶着远方的看，再看。

人问，菜花哪里没有？巴巴地坐飞机去那么远？

但笑不语，于我而言，那是隐秘的追溯，对光，对暖，对痛痛快快的生命。

菜花在摊开，毫无保留，一望到底，简单的模样多像台湾的主持人——小 S。

小 S——徐熙娣，有的人喜欢，有的人不喜欢。她世故、草根、爽朗，活得很自我，说话口无遮拦。她的真性情，如一览无遗的菜花。分手、恋爱、家暴，所有的事，她都能在节目里说，毫无忌讳。

不管何种境地，她总是欢天喜地地活着，活在自己的世界，又灿烂又招摇又摇滚。

她说，生命就应该浪费在美好的事情上，用力爱，用力恨，用力地挤压尖叫。

她的快人快语得罪很多人，却不怕，一如既往地快意恩仇。得意时，像朵没心没肺的小菜花；失意了，像只丧气的落汤鸡。但是，她的眼神一直清澈，她的笑容一直在。

蔡永康说，小S很好玩，乐天，有活力，与她相处，很舒服，很值得。

我想，这就是她，菜花一样的女子。

痛快地笑，痛快地哭，痛快地悲伤。不受别人左右，做永远的自己，野生、热烈、真实、坦荡。

世上，花儿万千。兰与莲固然高雅，小小菜花却也让人敬重。

各花入各人的眼。

一朵菜花，将人间喜悦，遍地燃烧。

王岳伦：爱是一切的初衷

娱乐节目——《爸爸去哪儿》，五个爸爸，五个孩子。

有的爸爸会烧菜，有的爸爸会搭帐篷，有的爸爸会划船，而王诗龄的爸爸——王岳伦，很明显是最笨的一个，每项任务都落后于人。他在节目里笑话百出，手忙脚乱。用石头的爸爸——郭涛的话来形容，岳伦是生活的低能儿。

第一次，北京灵水村。他拿着一根橡皮筋费力地与女儿王诗龄的长发较劲。如何让头发乖乖地绑到皮筋里，对王导来说是世上最大的难题。一次次尝试，一次次未果，在王爸爸面前，王诗龄的头发是万千狡猾的泥鳅，抓住了，溜走，抓住了，又溜走。王爸爸笨手笨脚的尝试，最终，宣告失败。

还是在灵水村，用面粉准备一份午餐。王爸爸的"抖面条"成了经典的"绝活"。但看他，抓住一团黏糊糊的面，拼命地抖。场面甚是搞笑，面团与王导的手，较上了劲，怎么抖也抖不下来，甩了又甩，面团长了嘴似的，一口咬住，愣是不下去。一个村民忍不住好奇观望。王导一边心虚解释，下面条，下面条，一边拼命抖动，面团却像愤怒的小鸟，死死黏住。电视外的观众再也忍不住了，笑声如爆开的米花，团团炸出。

最有趣的莫过于四块五的故事。

用五十元买三天的食材。买什么好呢？王爸爸估计第一次上菜市场，他也想学学怎么讨价还价。菜贩说："四块。"他说："便宜点，四块五。"菜贩再说："四块。"他再次说："便宜点，四块五吧……"

菜贩子以为遇到外星人，说："我说四块，你还价四块五？"

无数只乌鸦从王爸爸的眼前飞过。天啊。电视机前的观众要被活活逗死了。这样的笨男人，李湘到底是从哪找来的？

从此，网友不再叫他王岳伦，他有了个响亮的外号——"四块五"。

"四块五"，有个绝活，就是"呵呵呵"傻笑。但凡遇到事，一般不发言，没心没肺地笑。从第一集，到最后一集。王爸爸"四块五"式的笑声没停过。"呵呵呵"，"呵呵呵"，岳伦的笑声，憨厚、自然、绵密，没心没肺，简简单单。据说，王岳伦的傻笑实在太可爱了，网友们搜集他的笑声，制成了手机铃声。"四块五"，再加上"呵呵呵"的傻笑，王岳伦成了名副其实的"憨爸爸"。

世上的爱有许多种。憨爸爸王岳伦，对自己的小公主王诗龄，傻傻的爱，就是其中的一种。这样的爱，是洋葱，层层裹。如果剥开，呛得泪流满面。

孩子们去赶羊。

王岳伦给女儿换上了一件长长的裙子，脚上穿一双粉色运动鞋。镜头中的王诗龄挪动胖胖的小身躯，拖一件长长的裙子，赶着一群羊，看着甚是可爱。一团会移动的小肉球，不过裙子却阻碍了她的灵活，只见她拎着长裙，吃力地爬上一个台阶。

"你难道不知道是去赶羊吗？你怎么给女儿换上一件那么长的裙子？换上裙子也就罢了，你怎么又给配上一双运动鞋？"看了电视后的李湘妈妈实在生气，忍不住批评王爸爸。

"天气热，蚊子多。我怕女儿穿裤子会出汗，于是翻了所有的行李，找了一件最长的裙子，腿罩住了，蚊子就咬不到了。至于，运动鞋嘛。当然是为了走路方便。"

伶牙俐齿的李湘瞬间语噎，原来，憨憨的笨爸爸，也有细腻的一面。

爸爸们去池塘里抓鱼。那些鱼和王爸爸有仇，他到哪，鱼就躲开了去。林志颖、张亮、田亮，捷报频频。岸上的孩子们为自己的爸爸欢呼雀跃。王导颇为着急。他不怕自己在镜头前丢脸，这从来不是他考虑的事情。他只担心女儿王诗龄会失望。

"来，送你一条。"张亮真是善良啊。

王导兜着那条活蹦乱跳的鱼对岸上的王诗龄喊："爸爸抓到鱼了，爸爸抓到鱼了。"

王家女儿果然乐得一蹦三尺高，大声地宣布："是我爸爸抓到的，是我爸爸抓到的！"

有网友批评，不是自己抓的，还炫耀。

我却感动。只因，他的那一句，我怕自己的闺女觉得自己的爸爸比不上别人的爸爸。

堂堂导演，自然不屑于为一条鱼撒谎。只是为了爱，为了那个放在心尖上的小小丫头。

最后一次旅行。

因为没有一次比赛王爸爸能拔得头筹。所以他的王诗龄从没在节目里住过"豪宅"。最后一次，王爸爸实在太想让自己的公主在最后一次，住上最好的房子。他在雪地里拼命奔跑，和他一起竞争的是练体育出身的世界冠军——田亮。眼看快到终点了，王诗龄的雪橇卡住了，心急的王爸爸，丢下孩子，朝着房子跑去。

网友的评论，犀利似箭。

晚节不保、没素质、自私……各种评论蜂拥而至。赢得了房子，失去了网友心中的憨厚形象。

王爸爸会后悔吗？我想他不会。从第一集开始，他自始至终都把女儿的快乐放在第一位。抢房子，不够光明，但深究原因，依然感动。

在爸爸的心里，能让她住一次"豪宅"，是最大的心愿。

最后，每位爸爸给自己的孩子写一封信。

镜头里，王诗龄一次一次地大声叫着"爸爸""爸爸""爸爸"。

镜头外，王岳伦深情地念着：

有一天爸爸终究会老，你会有你的家庭，你总会有一天离开爸爸，我想我一定会伤心欲绝的，因为我们有太多美好的回忆，所以爸爸今后会多花时间陪你，照顾你，珍惜和你在一起的分分秒秒，爸爸这一辈子最成功，最大的成就就是拥有你……

眼泪瞬间流下，为这个傻爸爸爱的告白，憨憨的，暖暖的，像一首百听不厌的音乐，深情、缠绵、动人。

她，是他前世的小情人。

疼着，宠着，护着，爱着。他要爱她一辈子！

瓜田里的守望者

1.

太阳落下来了，那些美丽的光也落下了，像一只只涂满金粉的蝶，在夕阳的田野翻飞。傍晚的风一股一股地吹着，像一团团鼓噪的心事，撩拨着苏姥姥宽大的衣摆。

苏姥姥望着地里的西瓜，呆呆的，那样的凝神不动，竟像一棵不会行走的老树，佝偻着，流露出无法言语的老态。

这个夏天，苏老太太扳着手指数过来的。每一次日出，月落，老太太就高兴地眯起眼。近了，近了，离甜甜的暑假越来越近了。

甜甜是谁？是苏姥姥的孙女。打小就跟着姥姥，像一个小跟屁虫，黏着老太太身前身后。甜甜会笑了，甜甜会说话了，甜甜会走路了。甜甜的每一个变化都像庄稼地里的一次沉甸甸的收成，那样丰厚，那样完满。姥姥年纪大了，可她一点也不糊涂，她记得甜甜的一点一滴，这些点点滴滴就像夜晚的星星，在甜甜离开乡下的日子里，以珍珠的饱满闪亮在姥姥孤独的边沿。

在姥姥的记忆里，除了甜甜，还有甜甜最爱吃的西瓜。

于是，从这个春天落下的第一丝雨开始，姥姥更开始把西瓜的种子一颗一颗地埋下。一畦田的西瓜籽，抽出嫩嫩的芽，长出绿绿的叶，开出黄黄的花。姥姥细心伺候，如同伺候自家的娃。

她盼着西瓜快快长大，也盼着甜甜快快回来。

眼看着西瓜像一个圆溜溜的胖娃娃，一副快要撑破肚皮的样子。苏姥姥真开心，她的快乐一如瓜内的瓤，满是甜津津的水。

"老太太，您这西瓜要是再不收，可就要烂在地里了。"乡人好心地提醒。

"甜甜快回来了，甜甜快回来了。"姥姥答非所问，脸上的褶皱却荡起温柔的纹路。

一个电话，打落了姥姥的盼头，那些存储的希冀像抓不住枝条的木瓜，"扑通"一声，落入了水中，连水花都不曾溅起，便轻轻地飘走，飘走了。

2.

"儿啊，放假了，让甜甜到乡下待几天吧。"苏姥姥的话语满满的恳求，软软的，轻轻的，似乎一捏，还能捏出满眼的泪来。

"妈，你不懂，现在的孩子竞争厉害，暑假都忙着上补习班呢，哪有时间到乡下玩。"儿子的声音掷地有声，像极了天上高高盘旋的鹰，不给人任何遐想的余地。

　　"哦。"苏姥姥的一个"哦"字，无奈地扩大，扩大，在她苍老的胸腔里兀自鸣响，一如电话里嘟嘟回响的忙音。

　　日子像掐断根的苗，软软蔫蔫。苏姥姥成了瓜田里的守望者，常常对着一地圆滚滚的大西瓜发呆。站着，站着，就站成一棵佝偻的树，以一种前倾的姿势，勾勒暗影下寂寞的线条。

　　西瓜，甜甜。甜甜，西瓜。老太太沉浸在遥远的遐想里。那时甜甜才刚会说话，拿着西瓜啃得忘乎所有，小小的脑袋差点淹没在红红的瓜瓤里，嘴巴里一边咂巴西瓜的汁水，一边模糊地发音："甜，甜，甜。"苏姥姥一听，乐坏了。从此，甜甜成了小名。

　　甜甜啊，甜甜。苏姥姥想到这不禁笑起来，对着一地的西瓜笑起来，那些甜蜜的日子从一只只的西瓜上滚过去，滚过来。仿佛每只瓜上都坐着一个甜甜，满地的甜甜正拿着圆圆的瓜，啃得满脸满嘴的汁。

　　一阵风，吹走了西瓜上的甜甜。哪里有欢声笑语？哪里有甜甜的身影？只有一只只暮归的鸟儿掠着一地的西瓜，吱的一声，飞远了。

3.

　　"妈，甜甜明天来乡下待几天，城里天天四十多度，孩子们都无法学习了。"儿子的电话那么突然，那些猝不及防的喜悦，像慌乱的小鹿在苏姥姥忙不迭的应答里哒哒哒地奔跑而来。

接了电话的苏姥姥，一下子挺直了腰板。欢快的小碎步像一首明亮的钢琴曲。扑通，扑通，是老太太把西瓜置在井水里的声音。

"姥姥，姥姥！"苏姥姥正忙着把西瓜泡在井水里，甜甜的欢呼声已经从前门窜进来了。

"哎——"苏姥姥慌慌张张地跑向前门，一把严严实实地搂住怀里的小甜甜。

小甜甜？这是小甜甜吗？小脸蜡黄蜡黄，胳膊小腿细细瘦瘦，最重要的是，那明亮的大眼睛上还架着一副小眼镜！

"孩子怎么变成这样了！"心疼是不言而喻的，苏姥姥的心里劈砍出这样、那样的痕。

"天气太热，城里像失火的天堂，孩子一天赶三个补习班，这不，中暑了呗。"儿子说得很无奈。

"这么热还读什么补习班？不想孩子好了吗？"苏姥姥难得拉下了脸。

"妈，你是老古董，你不懂，就是为了她好，才去补习。"儿子一副对牛弹琴的无奈。

"我是不懂，你当年不是什么补习班也没参加，还不是照样考上大学？"老太太"啪"的一声，切开了西瓜。

"哇，姥姥自己种的西瓜哦！"甜甜的笑，像窗外攀岩而上的丝瓜花，明亮灿烂。

……

4.

回到乡下的甜甜像回到水里的鱼。自由，快乐。

她趴在南瓜花上看萤火虫擎起小灯笼。她拿着纸风车奔跑在长满野草的小径。她用掏空的西瓜皮套在头上当帽子。

苏姥姥是幸福的，有甜甜的日子，处处是欢声笑语。

她看着甜甜把池塘的小鱼用手绢一条条舀上来，用瓦片炖鱼汤。

她看着甜甜把撒落的小柚子用细线一颗颗串起来，挂在脖子上当项链。

她看着甜甜把菜园的土疙瘩一层一层地挖掘下去，把蚯蚓送给小鸭吃。

……

乡下的风，没有城里的炽烈，有着田野的清新。乡下的天，没有城里的灰暗，有着纯净的湛蓝。甜甜红润了，变胖了。虽然黑了一些，但那样的活泼，那样的健康，一如田埂的草，青青复青青，迎着夏日的风，烈烈地长。

才一个星期。甜甜像换了个人。大自然成了最好的补习老师，它把清新的空气、湛蓝的天空、田野的芬芳毫无保留地展示。

苏姥姥看着甜甜的目光是快乐的，是满足的。

5.

"妈，我明天来接甜甜。城里实施了人工降雨，所有的补习班恢复正常上课。"儿子的电话又是那么突然，苏姥姥手中的西瓜一骨碌滑了下去。

"为什么要人工降雨？为什么？为什么？"漫天的星斗，一漾一漾，仿佛都是伤心的泪。

"姥姥，姥姥，我不想回去，我要一直和你待在一起。"天边的月牙摇晃得厉害，瘦削的样子像颤抖的一块心。

"甜甜乖，甜甜乖……"苏姥姥像是说给甜甜听，又像是说给自己听。

如果那些语文数学的知识是写在叶片上，写在花朵里就好了，那么，甜甜就可以好好地待在乡下补习了。怀里的甜甜已经睡着了，苏姥姥被自己的臆想吓了一跳。

甜甜还是走了。

苏姥姥哭了，天上的太阳，地上的西瓜都哭了……

悬在窗口的幸福

家住梅花碑。小区老，楼房旧，楼梯陡。

唯喜，靠南的窗，有阳光可依赖。晴好的日子，流水一般的光，涌进再溢出，金色的小脚丫，在窗帘，在书桌，在地板。

暖浮生，慢时光。

倚窗，小坐，发呆。热气腾腾的人间喜悦，在窗之侧，鳞次栉比。

三月，不动声色间织就一窗鸟鸣。清脆的啼叫，草叶上的露珠，闪烁的繁星，宛转动听。

醒来，且赖一赖。一窗之隔，听鸟鸣，"啾啾""唧唧""喳喳"，此起彼伏，让人想起海边的浪，细细碎碎的波光跳跃，由远及近地渐次奔腾，高亢的、清脆的、明丽的，一声叠一声，风吹珠帘一般，叮叮当当。

轻轻一咳，窸窸窣窣的响亮，尘土一样，四面散逸而去。

开窗，见鸟。灰色、褐色、斑斓色的鸟儿，在玉兰、合欢的树上挪转腾跃，它们转动小小的脑袋，翘着长长的尾巴，踱步、跳跃。

拿着一本书，就着鸟鸣，读些字，倒也有趣。

作家捷罗特写着："幸福生长在我们家的炉边，不宜到人家的庭院摘取。"微笑，沉吟。我有小窗一扇，清响一屋，幸福，触手可及。

桂树下，传来落子的声音。

是小区的老人们在下棋，

沿着窗，越过那丛桂花树，绿叶底下，一弯小小的廊。一个简陋的棚，一张小小的桌，便是老人们的棋室。老人们坐着、站着，聚成一堆，慢悠悠地厮杀。兵来将往，马行象走，或低吟，或颔首，或沉思。人生如棋，棋如人生，反反复复地推敲，时而叹，时而乐，时而悔。而，那棵开花的玉兰树，年年复年年，变魔术似的掏出白白的朵。

她说，幸福就是重复。重复地开花，重复地落子，重复地鸟鸣。

经历一场大病之后，她念叨地只是日常里的重复。每天能醒来，真好；每天能吃到家里烧的菜，真好；每天能看到孩子的微笑，真好。

所谓幸福，竟是日复一日的重复。

昨日，梳头。额前的发，往后拢，几根白发赫然出现。丫头见，惶惶然。她竟双目含泪，伤心地说，妈妈不要长白发，赶紧染回去吧。

染发膏真的能让黑发重复黑发？

小小丫头，如何能懂。人生有些事，永远无法重复。好在，只是小小的头发，而已。

站在窗口，喜欢看来来往往的人。

一个中年人推着板车，高兴地走来。车上摆满美丽的盆栽：月季、海棠、杜鹃、蟹爪兰……满满当当，挨挨挤挤，花红、花白、花粉，看得眼睛汪起团团涟漪。他是富足的吧，竟有一板车的春天可以兜售，甚而涌起一丝儿嫉妒，恨不能将整车的花草搬回家。

他呢？守着一车的花，微微地笑。有人过来，大声地吆喝：卖花咯！又好看又便宜的花！没人过来，摆一摆盆，浇一浇水，自得其乐。

做一个寻常的普通人，也是幸福的一种。如他，种花、养花、卖花，与花草纠缠，自带清香，喜乐恬静。

买或不买，他一律笑呵呵。

我远远地望着，望不清他的面容，却无端地觉得动容，为这俗世里，每一个认真生活的生命。这生动无关学识，无关财富，无关名利，只是日常里淘洗出来的寻常喜悦，又晶莹、又明亮。

卖花的车子边，是卖菜的小摊。

菠菜、萝卜、茭白、扁豆，时令的蔬果油画一般，怡红快绿。

一对老年夫妇一起来买菜，一个提篮，一个挑菜。她蹲着，他站着。她说这个好，他说那个也不错。她起身，一个趔趄，他伸手，揽住，温柔一笑。

原来，他的目光，一直盯着她。每分每秒，没有一刻疏忽。

傻傻地看，呆呆地愣。

细节里的感动，流水一般，淹没而来。所谓爱情，不在甜美的誓言，不在轰动的表白，在细水长流的寻常里。

菜摊的对面，零零散散摆着生活用品。只是一些廉价的小物件，绣着牡丹花的鞋底，蓝底白花的围裙，五颜六色的袖套。每一件物品，关乎日常，很民间，很俗气，很生活。

买花、买菜、买围裙，你做饭，我洗碗，一起虚度光阴，一起度过柴米油盐的岁月。

谁能说，这不是幸福？

小小窗口，人生百态。生活的画面，抽枝长叶。

窗台挨窗台。左边的邻居，搬来四五年，从不见人。窗台的植物不停地换，有时是一盆郁金香，灯盏一般；有时是一盆玫瑰花，绒球一团；有时啥也不是，只是一盆番薯藤，绿意汹涌。

我也就猜到这户人家的喜好。爱恋植物的人，必定有一颗祥和的心。

右边的人家，窗台挨窗台。倒是常常见，有时晾着长长的素面，有时挂出喷香的熏鸡，有时铺排红艳艳的辣椒。

她晒的是幸福吧。一桌的活色生香，仿佛望得见。

晚，窗外春风荡漾，琴声悠扬。

哗啦啦，叮咚咚，月光一般，清泉一般。

忽然一个年轻的声音扯着嗓子在楼下，中气十足喊：艳红，我爱你。艳红，我爱你。那声音，又热烈，又直白，又那么的不知道臊。

却觉得好！

趁年轻，将爱，痛痛快快喊出来，撕心裂肺的摇滚一般，听得人，心儿一扯，一扯。

不知哪个窗口的姑娘，如此幸福，如此甜蜜？

敞开窗，将幸福请进来。

你裁剪春风，我嗅着花香，她呢？捧着满满的爱。

只因，幸福原本的模样只不过是：

伴窗外两三点星光，

看月光在合欢树下织网，

听风儿在花朵上漫步，

呼唤亲爱的他，

餐桌前吃晚饭。

……

陌上花开，可缓缓归矣

三月才起了个头，空气中，芬芳荡漾。

阳光是盛装的仙女，金色的纱巾，金色的流苏，金色的脚铃，所到之处，流光溢彩。从惊蛰中醒来的春天，睁开颤颤的睫毛。

万物生发，草木萌芽。大气不敢出，唯恐一口气，吹化了这美好的时光。屏息凝视，提鞋噤声。数着光阴，小心翼翼，且愿，慢一点，再慢一点。

陌上花开，蝴蝶飞。

高的是油菜花，从长方形的梯田里漫溢而出，涨潮的春溪一般，哗啦啦地欢欣跳跃。那么黄，是不是打翻了梵·高的颜料盒？怎会浓郁如此。金戈铁马的灿烂，逼迫得人睁不开眼，多看几眼，心跳加速，手心流汗，四肢发软。这要命的油菜花，又野蛮，又热烈，又急躁，不由分说将你撼倒，侵略你的眼，淹没你的心。

沉溺，发呆，就着油菜花，醉生梦死，也是心甘情愿的。

矮的是婆婆纳。细细碎碎的小蓝花，洒落的米粒一般，贴着地面，几乎看不清。却也无惧，挣扎出蓝莹莹的小花，细眉细眼，细声细气，叫人无来由地心疼。

俯身，慢嗅。星星点点的蓝，仿若情人之间的呢喃。此刻，朝着你的手，你的脚，晃漾不停。慢慢地看去，每一朵婆婆纳，擎着蓝汪汪的情书，对着你，深情款款地笑。

紫云英也开了。啤酒盖一般的朵儿，或高，或低，起伏不止，好像刚打开的香槟，止不住的泡沫，珍珠一般，急慌慌地喷涌而出，满田打滚。一地的紫花泛着淡淡的白，将春天的诗歌散布，蜂儿、蝶儿、鸟儿，争相赶来，朗朗诵读。

紫花地丁，喜欢躲藏。道路旁，石头墙，缝隙处，举着紫色的酒盅，将春天的风一一斟满。颇为寂寞，甚至孤独。这避世的小花，隐士一般。小孩儿，却喜欢抠墙缝，捉住一大把的紫花花，拧下它细细的茎，用大拇指捏着，用它尖尖的花蒂，打钩钩。

她说，你看，我把你的花儿勾住啦。她的声音融入春鸟的啼叫，在我的心上开出清脆万千。一抬眼，阳光朵朵，闪过我的眼，落在她的脸上，绽开无邪一朵，天真一捧，可爱一簇。孩童的笑，镶上了金黄的边，让人想起月亮。

外公、外婆，站在三月的阳光里，一个剪春韭，一个剥春豆。一问一答，一问一答，缓慢生活，认真相爱。灶里的柴，锅中的米，空中的香，无比生动，无比迷人。

愿得一人心，白首不相离。

年轻的姑娘，满面浅浅春色，浑身处处春香。年轻的小伙，一壶淡淡春酒，几句缓缓春曲。

青青子衿，悠悠我心。

窈窕淑女，寤寐求之。

空气里，满布恋爱的味道，一分甜，二分羞，三分涩。欲说还休，那些心跳的字眼都到嘴边了，却如挪不出窝的鸟，躲躲闪闪。眼神却出卖了，四处出击，四处碰撞，心思如雪，遇到的那一刻，只听得"嘶"的一声，融化了。

和羞走，倚门回首，却把青梅嗅。

春意汤汤，在心，在眉，在眼，在两颗情意相投的心里。

且效仿《浮生六记》芸娘与沈复的花好月圆："买绕屋菜园十亩，植瓜蔬，君画我绣，布衣菜饭，可乐终身。"

你买菜，我提篮；你掌勺，我洗碗。

愿无岁月可回首，且以深情共白头。

如此，便好！

云南，大理，偶遇一民宿——陌上花。年轻的客栈老板、老板娘，辞去都市高薪之职，大理之边，普洱之畔，打理小小民宿一间。种植、接待、游玩，日子简单，时光舒心。不羡名利，不羡繁华。

夫妻俩，穿布衣，食菜蔬，生下的娃娃，大自然里供养。一家三口，其乐融融，与乡野的蓝天读书，与门前的小花歌唱，活得自然单纯，一如顾城的诗歌：

门很低，但太阳是明亮的
草在结它的种子

风在摇它的叶子

我们站着，不说话，就十分美好。

不说话，就十分美好，比如三月的杭州。

吴越王钱镠与夫人戴氏王妃的典故流传至今。

春天，王妃想念家乡的父母，回乡小住。钱镠出门，望见凤凰山脚，西湖堤岸，桃欲燃，柳似绦，思念陡然而至，提笔修书一封，其间，有一句，让人沉吟：

陌上花开，可缓缓归矣。

可缓缓归矣，相思十里，只为你。

古人的深情，让今人叹息。

是否，也该约上好友二三，走进三月，赏那陌上花开？

一株老桃树，或梨树，烧一壶山泉的水，丢一把明前的茶。细品，浅斟，话桑麻。

如此，甚好。

女子当学林徽因

很早就想看这本书——《林徽因传》。

那时对林徽因不甚了解，只知道世上有女，才貌双全，她传奇的一生让所有赞美的词黯然失色。

拿到这书，只一眼便喜欢上了。

白净的底色，翩飞的蝶，字的旁边列着书名《林徽因传》。

寥寥几笔，清新淡雅，甚至于书的作者——白落梅，诗意的名字与林徽因的气质都如此相符。

断断续续，读完了这本《林徽因传》。

手心里握着很多感想，却像枝枝蔓蔓的藤，缠着，绕着，待提笔梳理，竟找不出其中的头绪。

不由长叹一声：林的一生太过完美，所有的感悟在她的光华之下显得太过苍白。恰如，诗句：北方有佳人，倾国又倾城。这倾斜了的心，哗啦啦一边倒了去，不管不顾地沦陷了去，除了羡慕，竟还只剩羡慕。

白落梅。第一次知道这个人。文笔细腻婉约，唯美的语句落地成诗。她写林徽因：一直以来觉得林徽因是静坐云端之上的女子，她的典雅纯美愉悦别人，温暖自己。她永远是一杯淡雅的茶，那素净的芬芳在每个人心中久久地萦绕，无法散去。她让风流才子徐志摩在康桥上只影徘徊，失魂落魄；让建筑学家梁思成浓情蜜意呵护一生，至死不渝；更让学界泰斗金岳霖默默爱了一辈子，终身未娶。

一句、一句拆开来读，句句如诗，林徽因在字里行间，雅致端庄。人物传记写得如此诗意唯美，也只有白落梅。如此文字，配上如此林徽因，竟如清辉的天，满满的月，恰到好处，赏心悦目。

有人说娶妻当娶林徽因。

而我要说女子当学林徽因。

林的出身，学不来。她是官宦世家的小姐，身上传承着儒雅端庄的血统。林的经历学不来，小小年纪跟随父亲游学，见识了诸多国家的风土人情。林的爱情更学不来，谁人能有她如此幸运，竟让三个出色的男人对她念念不忘一辈子。

女子当学林徽因。林徽因的清澈、平和每个人都可以学得来。

她不像张爱玲，因为爱情把自己变成低到尘埃里的小花，花谢尘埃，孤单地走完一生；她也不像陆小曼，像一团燃烧的火，为了爱情抛弃丈夫，打掉肚里的孩子，敢爱敢恨；也不像张幼仪隐忍平和，默默付出，无怨无悔，不求回报。

林徽因如水，如茶。清澈是水的本质，平和是茶的芳香。即使初恋甜美如蜜，当她觉得和徐志摩的爱情如梦缥缈，亦能做到决绝地转身。那样理智，那样平静，或许也伤，或许也痛，但她就能不动声色，把风起云涌，隐忍心中。如常端庄，恰到好处，是她调节自己的着眼点，淡然理智的她永远知道自己最需要什么。

世人都说，徐志摩对林徽因念念不忘，让人唏嘘不止；世人也说，梁思成对林徽因的呵护宠爱，让人羡慕不已。却又有谁能比得上金岳霖的痴情专一？一辈子，一份爱，不离不弃。只为付出，不为得到。比邻而居，默默关怀。如此蓝颜，是林徽因一生传奇的厚重一笔。

或许，一辈子能拥有如此知己，亦是因为林徽因对爱情的处理恰到好处。不沉沦，不淹没，远远地看，淡淡地笑，清澈平和才能长长久久。

女子当学林徽因。林徽因的孜孜不倦，顽强不息可学。

林徽因固然长得很美，如果缺少了才华，那也只是庸脂俗粉。岁月能轻易改变一个人的容颜，美丽是握在手心里的流沙。但，内在的美却可穿越岁月的浮华，沉淀出一种气质。

林徽因的芳华绝代不仅仅在容颜，更因她的才气。

林的文学造诣很高，她的诗句《人间四月天》广为流传，轻灵的语句仿若天籁。不仅仅是诗人，林徽因更是当代的女建筑学家，她和丈夫梁思成对古建筑的研究孜孜不倦，他们的足迹踏遍大江南北。

书中还曾多次提到林徽因的病，即使养病，林徽因依然珍惜时光，许多诗稿，许多有关建筑学的论文都在病中完成的。

甚至于在医生断定林徽因将不久于人世之时，这个坚强的女子以她非凡的毅力走完了最后的十年。这十年她不是在病榻上度过，她用这最珍贵的十年在中国古代建筑的研究上取得了巨大的成就。

十年，她既孤独又充实，既辛苦又满足。

这就是林徽因，一个坚强的女子。

她的孜孜不倦，她的才学卓绝，她的非凡毅力都如此不同寻常。

女子当学林徽因，有自己的追求，不做攀援的凌霄花，做一棵比肩的木棉树，生命不息，学习不止。女子当学林徽因，笑声点亮四面风，娉婷，鲜妍，做最美的人间四月天。

暗香

　　五月末，六月初，暗香涌动。淡的香，浓的香，看不见的香，若有若无，忽明忽暗，络绎不绝。一会儿不注意，衣裳沾满香，人心泡在蜜罐里，柔软、芬芳。

　　我知，这时节，栀子花儿开。就在不远处，藏着，躲着，并不露面，只管把那长了手的香，跷着脚的香，捏人鼻子的香，东一瓢，西一勺，到处泼洒。

　　地面香，空气香，人的思绪也跟着香。走着，走着，就绊住了，好像想起什么，却又恍惚忆不起什么，只觉得这绊住的思绪也是香，侧了侧头，摸了摸鼻，不知不觉又被香牵着走了。

　　只闻其香，不见其花，真真让人想念。比如家楼下的合欢，云遮雾绕，抬头便见；比如窗外的玉兰树，端着白瓷碗一样的花朵总也不谢，再比如灌木丛中的红花酢浆草，一年蓬，日日端出笑脸等你来瞧。这样的好，便是寻常了，瞧着、瞧着不新鲜了。唯独这栀子，只闻其香不见其花，在心里撩拨起相思一片。思念越积越盛，竟让人坐立不安了。

　　那日，风把香吹来，手儿醉得软绵绵，眼睛里开出栀子一朵朵，坐不住凳，捏不住笔，丢下手头一堆作业，不管不顾地跑湖边寻花去。

其时，还很早。学校的孩子正在上第一节的早课，往日喧闹的西湖，空阔安静，行人稀少。柳树风华正茂，青枝绿叶，成波成浪。睡莲端出上好的"白瓷碗"，安静温婉。未来得及俯身细赏，一股暗暗的香迎面而来。这是怎样的香？奶白的，甜腻的，霸道的，游丝一般，细绳一样，攀上我的肩头，登上我的鼻翼，把我整颗心，捆得结结实实，还不停地说着，来找啊，来找啊。

栀子，栀子，眼里、心里、唇里满满都是这俩字，念一念，唇齿生香，雀跃不安。穿柳林，过小桥，绕草坪，西湖寂静，唯不见那月光一样的栀子花。

池塘边有一人在打捞，蓝色的工作服写着几个字，细瞧，原来是西湖边的养护工人。她俯身劳作，整个人几乎贴着水面，浮萍、杂草、落叶，被她一点点聚拢，再用网兜一点点捞起，额头上的汗，细细密密。水塘洁净如初，晃着她的影，映着她身后的桃树，绰绰漾漾。我记得那棵桃树，临水而生，每年四月，花开一树，粉嘟嘟的，如同粉墨晕染的画，绿波红影，吸引无数游人留影合照。

问，附近有栀子花吗？

那人略微直起腰，说，应该有的，你去那边找一找。

继续前行，到了樱花树下。我当然也记得这些樱花树，每年三月。它们捧出一树树晶莹，月光一样纷飞，雪花一样曼舞，美得心旌摇荡。

此刻，樱花树的对面，也有三个人在劳作。他们还是西湖的养护工人，穿着蓝色的工作服，在这个清凉的早晨，挥汗如雨。一把巨大的剪子，对着一排一人高的小树，上下飞舞。一时，枝落叶溅，只一会儿，脚边堆积一团绿色的云朵。

这是什么树？为什么要把好好的枝条剪掉呢？我问。

这是紫薇呀！剪掉多余的，夏天开花才好看呢！他们笑着回答。

原来是紫薇呀。心里也就出现紫薇云蒸霞蔚的好模样，一片又一片的小花瓣弯曲卷起，每一朵，都在认真地喷红吐艳。

这里有栀子花吗？为什么找不到呢？我又问。

有的啊，小栀子很多，角角落落都是呢。大栀子只一两株，绕过小路，亭子旁边，就能看见……他们一边"咔嚓咔嚓"地修理枝条，一边欢快地回答。那神情，仿佛向旁人介绍自家的孩子，熟稔，骄傲。一会儿，一排的紫薇树，在他们的手中整整齐齐、亭亭玉立。

而我，不知不觉忘了此行的目的。望着他们劳作的身影，望着眼前如画一般的好风景，莫名替他们委屈。人都说西湖风光美如画，有几人懂得美丽背后的艰辛？又有几人知晓风光背后的汗水呢？她，他，他们，捧着一颗栀子一般洁白的心，心甘情愿地做着幕后工作，无数的游人把赞美留给西湖，却没有一个人为他们把掌声响起……

咦，你还不去找栀子花吗？他们奇怪地问。

哦，不找了，这湖边的花草经由你们的手，可真美！我由衷地赞叹。心里却想着，我已经找到了，暗暗的香经由他们的手，洒入风中，汩汩而来。

　　他们显出高兴的样子。收拾好地面的残枝败叶，向着那片开败的四季海棠走去。临走，不忘看一眼刚刚修剪好的紫薇，眼神温柔，笑容安静。

　　而我，终于放下对栀子的惦记。

　　我认为，他们就是最美的栀子花。在这个清凉的六月，我带着所见快乐地回学校，有喜悦、柔软、芬芳、清冽的浩荡在翻涌。我有些迫不及待了，想大声地告诉，告诉我的学生，有一种香，叫暗香。它沉默，执着，谦和，勤勉，是世上最甘冽的香。

山有木兮木有枝

1.

眼泪在青青的脸上止不住地流，像一条清亮的小溪，晃晃潺潺。

"给，送你一颗糖，别哭了哦！"木子说。

青青听不见木子的话。她的世界永远寂静，无比辽阔的寂静，好比天，好比海，好比草原，好比无法丈量的深渊。

是的，青青听力障碍，听不见花开的声音，听不见雨落的滴答，也听不见木子刚才对她说的话。但是，青青看得见，她看见了木子手里的那颗糖，裹着轻透的纸，描着红红的纹。阳光落在糖上，像翩跹的蝶，闪闪发亮。

青青笑了，捧着那颗糖，满脸的泪，晶莹剔透。木子愣了，仿佛看到一朵带露的玫瑰。

2.

青枝坞里，青青和木子认识了。她八岁，他十岁。

他们看月亮，抓蟋蟀，追蝴蝶。

　　那些寂静得要咬掉骨头的岁月，层层瓦解。因为木子，青青触到了一个笑声朗朗的世界。

　　彼时，春光正好。两小无猜，满园跑。

　　笑声惊起木枝青青，绿浪汹涌。

3.

　　忘了是哪一天。

　　一条蛇从草丛里窜出来。

　　迅捷地一窜，闪电似的，还没看清楚怎么回事，青青的脚上已经留下蛇的印记。

　　"啊啊啊"，疼痛蔓延青青的脚，鲜血冒着泡一股一股地涌出来。

　　"疼吗，疼吗？"木子焦急地问。

　　青青听不见，但她看到了木子的眼泪，一颗，一颗，滚烫的，着急的，落在她受伤的腿上。

　　"不疼，不疼。"青青心里说。

　　木子背起青青跑，拼命地跑，发疯地跑。

　　风从青青的脸颊刮过，眼前的景物飞速地闪过。

　　木子的心跳一声比一声急促，擂鼓似的，要从背上撕开口子直接跳出来了。

　　青青的手触到滚烫的心跳，她把脸颊贴在他的背，用触觉去临摹声音的形状。"怦，怦，怦"，一声，一声，又一声，锤子似的，烙在青青的心里。

伤好后的青青找到木子。青枝坞里，手拉着手，许下承诺。

"我跟你好，你也跟我好！一百年，不许变！"木子说这话的时候，眼睛一闪一闪，透彻明亮。

嗯。青青重重地点了点头。粉粉的脸颊，笑成了一朵鲜艳的花。

4.

时光如果能封存那该多好啊。

多年后，青青依然怀念童年的时光。

而木子呢？已然长成帅气的大男孩。

"青青，介绍一个朋友给你，这是紫藤！"十年后，木子对青青说。

青青听不见木子的话，却看见了紫藤笑盈盈的模样。

紫藤长得真好。雪白的皮肤，乌黑的长发。此刻，她正像小鸟一般立在木子的身旁。

俊男美女，好美的画面。

可是，为何青青却觉得美得刺眼，像正午的太阳，灼灼逼人的泪。

他们有说有笑。时而比画着手，时而大笑不止。

那个有声有色的世界，拒绝了青青的融入。

青青只是个多余的人。

　　她看着紫藤在秋千上高高地飞来飞去，木子笑着推啊推。秋千像绳子，一下一下抽打青青的心。

　　她看着紫藤在向日葵下追蝴蝶，木子轻轻一拢，把蝴蝶递给紫藤。紫藤大笑，笑容灿烂到灼人，狠狠地烫过青青的脸颊。

　　青枝坞啊，青枝坞。

　　园里的每一根草都触到了青青的难过。

　　园里的每一只虫都听到了青青的泪滴。

　　园里的每一朵花都看到了青青的伤心。

　　可是，木子看不到，紫藤看不到。因为，木子和紫藤恋爱了啊。恋爱中的人，只看得到对方和自己，哪里还能看到别人呢。

5.

　　青枝坞里。

　　依然是三个人。常常是青青坐着，木子和紫藤笑着，闹着。

　　紫藤故意的。

　　她故意拉着木子的手摇啊摇，要他摘树上的果。

　　她故意躲在木子的怀里说自己怕地上的虫。

　　她故意趁木子不提防，在他脸上偷偷亲一口。

　　……

　　青青的眼睛好痛，好痛。这些亲昵的画面无遮无挡，像一把把扎人的针。青青疼得冒汗，痛到流血。可，她无法言说，无法言说。只能任那股锥心的疼在心里洪水般肆虐淹没。

触目所及都是伤心。蝴蝶儿伤心，树叶儿伤心，小虫儿伤心。青青的心"扑扑"地跳着，好似随时要撕开胸口才能止痛。

青枝坞也痛了，痛到疯狂。疯狂地落花，疯狂地落叶，疯狂地飘雪。

是的，冬天到了。

青枝坞被雪冻住了。

园里，白茫茫一片。

6.

木子和紫藤还在热恋。

一头发疯的牛闯进青枝坞。它弯着尖尖的角朝紫藤"突突"地刺去。

紫藤吓傻了。忘记了逃，忘记了叫，就那么傻傻地站着，站着。

木子一把推开紫藤，自己却被牛角戳个正着，牛把木子高高地举起，狠狠地摔下。脸朝下，狠狠地摔在石头上。

伤口在眼睛，木子的世界一片漆黑。

医生说，必须找到合适的视网膜，木子才可以恢复视力。

去哪里找呢？谁愿意把珍贵的眼睛送给别人呢？

　　紫藤也是不愿意的。她守着木子，才几个月，就消失了。

　　木子的世界坠入黑暗，无边无际的黑暗啊，空扩寂寥的黑暗啊，像天空撕开的巨洞把希望一口一口吞咽。

　　"黑暗，快点，快点，把我拉走，把我拉走。"木子的伤悲向着深海的方向滑落。

7.

　　有人在伤心地哭泣。

　　"紫藤，紫藤，是你吗？"木子惊喜地大叫。

　　有人在轻轻地吻他的额。

　　"紫藤，紫藤，是你吗？"木子挥舞着双手。

　　有人在他耳旁轻轻地发声，呜呜啊啊，呜呜啊啊，不成言，不成语。

　　"紫藤，紫藤，别离开我。"木子想紧紧地抱着她。

　　可是，她走了，木子既看不到她，也抱不住她。

　　……

8.

　　"有个好心人捐献了她的眼角膜，你很快就可以看到这个世界。"

医生的话语是一盏盏柔和的灯，漆黑的世界，一片亮堂。

恢复了视力的木子，想见见这个好心人，但她杳无踪迹。

木子也想见见青青，但她居然也杳无踪迹。

青枝坞，依然是当年的模样。木子站在碧碧的树枝下，恍然如梦。

这里依然草密花繁，蝴蝶翩飞，空荡荡的园子，唯有风的声音，掠过。

"我跟你好，你也跟我好！一百年，不许变！"木子忽然想起年少时说过的话，泪光闪闪，怅然若失。

生活越素简，内心越丰盈

雪小禅说，饮食简明扼要，生活删繁就简。梭罗说，一个人，只要满足了基本生活所需，不再戚戚于声名，不再汲汲于富贵，便可以更从容、更充实地享受人生。素简，是一种横亘的力量，低调、持久、温和。

素简

越来越喜欢安静，一个人，一支曲，一本书，一段闲暇的时光，可躺、可卧、可蜷曲，这样就很好。

安静的时候，细数阳光中的颗粒，聆听风中的回响，轻闻空中遍布的桂花香。

居陋室，食粗粮，竟也甘之如饴。

有衣穿，有房住，有车可代步，足矣。

更多时候，用来探寻与聆听。书中美妙如溪涧的语句，窗前熙熙攘攘的合欢花，耳畔高高低低的鸟啼，让人莫名微笑。

万物美好，我在其间。比起物质，更重要的是精神层面的幸福。

心容世事而不争，意纳万物且自明。

用粗茶淡饭保持眼睛的清澈，用棉麻衣裳保持身体的柔软。太阳的光，野草的芒，青瓦的旧，花朵的美，空气的净，都让人一一躬身，细细探寻。

与"世俗"背道而驰，沉溺于自然淳朴、恬淡如菊，浸于大道至简、见素抱朴，这样的素简，仿若入禅。

读书，读到这样一段话：所谓新幸福，就是摆脱金钱、时间、场所等外物的束缚，让我们重新拥有自由。

深以为然。

素简，如同减法，一样一样地卸载，一样一样地放下。

因为轻盈，所以自由。

看取莲花净，应知不染心。

雪小禅说，饮食简明扼要，生活删繁就简。

梭罗说，一个人，只要满足了基本生活所需，不再戚戚于声名，不再汲汲于富贵，便可以更从容、更充实地享受人生。

素简，一种横亘的力量，低调、持久、温和。

拍卖会上，一个简简单单，毫不起眼的宋代白瓷碗竟拍出了20万港币。人们吃惊，难以置信。却不知，白瓷碗的昂贵在于简单中见大方，朴素中见端庄。

有一种美，低调中的奢华。素简的物品，经过时间的淘洗，越发美丽，越发圆润。

"我的生命是一本不忍卒读的书，命运把我装订得极为拙劣。"一篇题为《我是范雨素》的文章，在各大网络平台走红，点击量过百万。范的文章，朴素无华，波澜不惊，却有一种安静的力量。

"没有苦吟，也不用琢磨，连修辞都是一种烦琐，诚实道出就是。"范雨素的走红，与她平淡自然、不雕不饰的写作手法，不无关系。

娱乐新闻里，郭晶晶与霍启刚过着平常人的幸福生活。刚生完二胎的她，抱娃在街头，一身朴素，干净从容。

千亿媳妇郭晶晶，嫁入豪门，却和"豪"字不沾边。头戴几毛钱一个的橡皮圈，手拎一百多块钱的包，给儿子买 20 块一套的童装，还要货比三家。

这样的她，口碑极佳，通透似玉，温婉迷人。

常常地，临窗而望。

窗前的玉兰，开了又落，结成的籽，上尖下圆，仿若一支倒悬的笔。也会想，如若用玉兰花做笔，写出的字也是素简质朴的吧。用来画画呢？只能是丹青水墨，黑白两色，寓意深远。

墙头的凌霄竟也结籽，一串一串，弯弯的月亮。亦想起小时乡间树梢的刀豆。粗犷的刀豆仿佛一把把结实的弯刀挂满藤蔓，大咧咧，胖乎乎。一把撸下，切成薄片，佐以姜、蒜，咬一口，香喷喷。

苏东坡说，人间有味是清欢。

这样的"清欢"亦是素简。

小时候，外婆为我烧豆腐，煮白菜，青青白白，醇香诱人。根深蒂固的记忆，认定清淡为终身的食之味蕾。

有人沉迷酒店大厨的"美食"，或油，或咸，或辣，或甜，油腻而刺激。

总是无法喜欢，对于人群、对于热闹、对于味重的食物，保持莫名的疏离感。

喜欢家常小菜，清清淡淡，过水拌盐。

喜欢家常旧裳，松松垮垮，温软舒适。

喜欢君子之交，清淡如水，从容似风。

这，也是素简吧。

所谓素，"清水出芙蓉，天然去雕饰"。

所谓简，"一箪食，一瓢饮，不改其乐"。

物质可以粗糙，心灵却应精致。

秋虫的鸣响，落花的缤纷，雨后的空气以及屋外桂花三两枝，每一样都在眼里生动而珍贵。

家人的体贴，孩子的活泼，陌生人的微笑以及礼让行人的车辆，每一样都温馨而暖意。

生活越发简单了。

读书，听音乐，写文字，赏花草，知己二三，便很好。

读书，读到经文中的一句话："愿我来世，得菩提时，身如琉璃，内外清澈，净无瑕秽。"一时愣住了，这样的句子，恰似山中的水，又素又简。

听音乐，遇到林键标的《一叶子》，叮叮咚咚，清澈见底，雨落青瓦一般。一时呆住了，这样的曲，来自天外，又纠净又无邪。

去湘湖，芙蓉红，苇花白，一时竟又痴了，如此空旷的好地方，禅房花木深，曲径通幽处。

这样的欢喜与美意，也是素简吧。

采菊东篱下，悠然见南山。不急，不萎，不卑，不亢，把每一寸光阴过成良辰美景。

如此，亦是素简呀。

流淌爱意的小街

留意那个落魄的老人已经好几年了。一身破旧的绿军服，裤脚常年卷起，衣服的纽扣掉了好几颗，袖口处团着黑乎乎的污渍，衣摆一边儿高，一边儿低。再往上看，便是他消瘦暗黑的脸庞，一撮山羊胡稀稀疏疏，眼神飘忽，嘴唇嚅动。

这样的他，一手拄着竹竿，一手拿着空碗，让人免不了想到"乞丐"又或者是"神志不清"等词汇。

他却常年安好，模样没变，着装没变，每天的每天，按时出现在家楼下的小街，一根竹竿"笃笃笃"地敲过去，又"笃笃笃"地敲回来。

遇见的次数多了，发现他与一家"开心厨娘"的小饭馆，关系密切。每到饭点，小饭馆的服务员都会端出一大盆的新鲜饭菜送与他。

所谓"大盆"，是一个极大的瓷碗，乳黄的色，油漆剥落，斑点遍布，颇有年月。服务员将饭菜垒出碗沿，堆出小山似的尖，热气袅袅，香味浓浓。老人的手伸过去，脸上挂着淡淡的笑。

"如果不够，再来拿！"服务员笑眯眯嘱咐，温柔又和蔼，仿佛对方是一位尊贵的客人。

过了一会，老人将碗悄悄地拿回。总有人接过，并把碗洗得干干净净。

一回，两回，三四回……遇见的次数多了，自然而然地以为这老人是饭馆老板娘的亲戚。

若不是亲戚，谁会长年累月地接济呢？心里暗想：这老人多亏了这开饭馆的亲戚，否则如何生活都成问题吧？

那天下午，从学校回来，在这条街的水果摊买水果，遇见那老人，一身破败绿衣裳，眼神迷离地从眼前飘过。卖水果的老板娘忽然扬起脖子，朝老人喊："西瓜吃吗？"

老人转身，笑，轻轻点点头。

正是忙碌的时候，卖水果老板娘却撂下排队的顾客，转身从篮子里挑了一个最大最甜最新鲜的西瓜，"咔嚓"一声切开，取最大的一瓣，递给老人。

老人乐呵呵地接过，大口大口地吃起来，嘴角边，红色的瓜汁"扑啦啦"滚落。

卖水果老板娘不忘叮嘱："慢点，慢点，还有呢。"她说这话的时候，神情可亲，语气温柔，仿佛这老人是自家的亲人。

我看一眼，再看一眼，心下奇怪：莫非这卖水果的也是老人的亲戚？

店里那么多不是特别新鲜的水果，随便哪一样都足够她做善事，可是，偏不，她挑了最大最红最甜的西瓜。

没有一丝一毫的心疼，没有一丝一毫的犹豫，没有一丝一毫施予者的高傲。

这不是亲戚是什么？

那天，我破例起了个大早，在这条街的早餐摊前排队，油条、煎饼、包子、馒头，各色餐点从摊主忙碌的指尖下一盘一盘地端出来。店铺门口排着长长的队伍，队伍之中的我，闻着油条的香味，不自觉咽了咽口水。

店主呢，双手飞舞，脚底生风，左手豆浆，右手油条，忙得额头冒出汗。忽然，他眼角的余光瞅到一个人，蘸满面粉的手，举起，摇动，白的粉末，簌簌地落，他扯着嗓子，大声喊："老人家，快来，油条吃不？大饼吃不？"

所有排队的人，一律转过头，依然是那个老人，一身破旧的绿军装，一撮山羊胡，一根竹竿，一个破旧的搪瓷大碗。

早餐店的老板，越过排队的顾客，将大饼、油条、面包放进老人的碗。临走，不忘交代，有点烫，慢慢吃啊！

那说话的语气，温柔如水，让人不禁对这五大三粗的汉子，看了又看。

这老人到底是何身份？

许许多多的疑问，如秋风中飘落的梧桐叶，悬满整条街。

那日，放学早，我照例来到"开心厨娘"的餐馆等晚饭。难得老板娘在，五十多岁的她，略胖，微黑，一副老花眼镜架在鼻梁上。她拿着粉笔正在小黑板上写新菜的价格。忽然，老板娘的脸上洋溢着笑，随手从架子上拿出一瓶可乐，哒哒哒，跑到门前，对一人说，饮料喝吗？

　　我的目光随之望过去，依然是那个老人。

　　老人伸手去接。

　　老板娘笑着说："你要说谢谢哦！"

　　老人张了张嘴，努力挤出两个字："谢——谢。"

　　老板娘爽朗地笑了，她的笑声滚满阳光的色彩，说："十年了，教你说这两个字，今天说得最清楚，给你点赞。"说完，她还真的竖起大拇指朝着老人递过去。

　　我看呆了，这老人到底是谁？为何人人都对他这么好？

　　与餐厅老板娘聊了几句，原来，老人是这条街的孤寡老人，神志不清，不会交流，不会表达，住在破房之中，无儿无女，无依无靠。

　　十年了，从"开心厨娘"餐馆在这条街落户起，和蔼的老板娘便给老人送饭送菜，一日不懈。

　　不知不觉，整条街的人都关心起老人。没有人号召，没有人监督，没有人提醒，大家都把老人当成自家的人。

　　一年三百六十五天，天天如此。

　　老人不愁吃，不愁穿，活过了一年又一年。他还将继续活下去，这条街在，街上的小商小贩在，老人也会一直一直在。

你若爱，生活哪里都可爱

1.

校园里的花开了，我高兴。

春天的茶花，粉色，重瓣。我照例拿出手机不停地拍。我以为每一朵花开，都值得人高兴。所以，校园的角角落落，西湖的角角落落，哪个地点，哪个时节，有哪朵花儿开，我都晓得。

旗杆下，一株白玉兰，前几天开得好。一树的花，一树的白月亮，摇摇晃晃，风来，稀里哗啦地落，下雨似的，我瞅着开心，伸手一片片接。我和丫头把一兜的花瓣整整齐齐地摆在长凳上，一长溜，狭长的小船儿，我觉得美。

围墙那，有蒲公英，四月左右会开花。我年年等，看它们从缝隙里扭着小蛮腰，亭亭玉立地笑，看它们吐出翠绿的叶，顶着金灿灿的朵，摇曳生姿，女王一般雍容。我挪不动脚，莫名地会感动。

南边的教室，全校最好的地儿。挨着墙边一排的花。

五月，粉红的樱花站枝头，长溜溜的枝条，恨不得长到教室里来。简直就是过节了，一窗的熙熙攘攘，一帘的花花朵朵。怎么看，怎么好。

　　九月，桂花又来了。隐隐的香味撩人得很，在校园里撒了欢跑。校园躺在香水上，轻轻荡漾，一晃一漾，香味一波一波涌来。饮了酒般，恍恍惚惚地走，朦朦胧胧地笑。课间，学生伢儿满操场跑，跑着、跑着蹭到桂树，满枝的花朵儿，满树的香味儿，惊飞的蝶儿一样，"轰"的一下，漫天飞。

　　一年三百六十五天，有多少花儿赶趟儿地开。蜡梅、海棠、樱花、玉兰、雏菊、茶花……排着队儿，抿着嘴儿，一朵接一朵，流光溢彩，披红挂绿，粉嘟嘟，鲜嫩嫩。你慢了脚，舒了心，向着它，微微笑。这些都是好，日子里的好，在光阴的低处，在你身侧。

2.

　　出太阳了，我高兴。

　　杭州是座泡在烟雨中的城，连着下雨半个月或一个月，常有的事。某一天，忽然出太阳了，明晃晃的阳光河流一般，怎么流也不完。道路涂满，房子涂满，树木涂满，整个世界都涂满。看草，戴着金冠子，看树，披着金缕衣，看车，贴着金薄膜，仿佛仙女儿拿着棒，轻轻一点，整个世界金光闪闪。人在阳光下走，一束光笼着他，金色的脸庞，金色的微笑，每踩一步，金色的轻盈。走着，走着，遇见另一个笼在阳光中的人，一个说，今儿的太阳真好，另一个答，真的很好呢。

主妇们乐坏了，翻箱倒柜，晒衣裳、晒棉被、晒毛巾、晒木箱、晒板凳，晒无可晒，恨不得把整个屋子从底部翻出来，放在阳光下晒一晒。晒着晒着，她们的腕戴上了金手表，她们的眼刷着金睫毛，她们的脸擦上了金胭脂。

阳台上，红的被、绿的毯、花的衣，随风飘扬，各种颜色飘啊飘，一窗的阳光，搅动了，潋滟缤纷。女人们拿着衣架子拍拍被，扯扯衣，拉拉毯，阳光的香味，洗衣粉的香味，喷涌而来，醉了一般，情不自禁地眯着眼，抬手，遮额，天上的太阳银盘一般亮晃晃。

高楼大厦有阳光，破旧的民房有阳光，大路有阳光，小道亦铺满阳光。花圃的牡丹沐浴阳光，墙角的栌兰也披着阳光。银泰门前的时髦女郎在阳光中婀娜多姿，那个穿破衣蹲在路旁拉二胡的老爷爷也在阳光中音符纷飞。

金色的阳光，大把，大把，公正无私，不偏不倚。不论贫富，不论贵贱，天地万物，它都爱，谁也不偏颇，谁都能拥有它，谁都能沐浴它。

阳光灿烂的日子，花柔软，草柔软，心底里流淌的快乐也是柔软的。

3.

走着，走着，遇到微笑了，我高兴。

清晨，进校门，一朵又一朵的微笑迎向你，甜甜的，脆脆的，密密的。走到大厅，几位年轻的同事们，递来微笑，90后的她们，年轻如新鲜的果实，他们说，胡老师早。白雪一般的肌肤，一朵润润的笑轻轻上扬。一声又一声的问好，人与人之间，老师与孩子之间，暖意弥漫。

三八前夕，参加制作软陶的活动。

有专业的老师五十多岁，肤白，眼亮，脸上的笑浅浅如月牙，她俯身，对我轻轻说，别着急，慢慢来，肯定能行。一句句话语落英缤纷。笨手笨脚的我，忽然安静，安心且耐心地一点点学，一瓣瓣粘，终是把一朵玫瑰做成。

小小玫瑰，活色生香，微卷的花瓣，仿佛待放的喜悦。

万物美好，包括手中这朵微卷的玫瑰。人呵，有时丢失的只是一颗欢喜的心。抬头，但见蓝天湛湛、白云朵朵、绿树葱葱……哪一样不值得爱？

你若爱，生活哪里都可爱。

快乐原来很简单

窗外，雨在欢欣鼓舞地噼里啪啦而落。粗粗的雨线预示它们的浩大，千针万线，密密而缝。"啪啪"的响声，络绎不绝。莫不是天地间举行一场盛大的狂欢？欢庆夏天的到来。或许是吧，你看，雨滴踩着夏天即将来临的激情纵情欢畅，肆意汪洋。

一双双眼睛齐刷刷地转向操场盛情的雨之舞蹈里。课堂上，《麦哨》诗般的语句在滂沱的大雨里失去了它的魅力。望着那一双双渴望的眼睛，嘴巴里忽然迸出意外的话："想去外面看雨吗？""想！"四十五位孩子，毋庸置疑地响亮。个个跃跃欲试，个个精神抖擞，期待的眼神如一汪汪蓄满涟漪的水，望得你心软绵绵。

"去吧，去走廊里和雨玩吧！"话音刚落，教室里爆发出雷鸣般的欢呼声。同学们争先恐后地跑到走廊，望着突然而至地大雨，乐成一朵朵明丽的花。

他们伸出双手虔诚地接住误闯走廊的雨滴，听雨滴在小小的掌心里蹦跳起舞；他们把头埋在雾蒙蒙的雨花里肆意地感受淋漓的凉意；他们"唰"地一下划过栏杆上的积水，看着水花四溅而肆意大笑；他们张开双臂转着不成样的圈与飘进走廊的雨拥抱满怀……

"老师，这雨滴是暖的，是暖的呢！"一位孩子为自己的发现而快乐地大喊，惊喜的眼神映着唰唰的雨丝而光芒四射。

"老师，这雨打过来很痛，很痛呢！"一位孩子挥着手臂却欢欣地大叫，惊讶的眼神伴着抖落的笑声而明亮润泽。

"老师，你看，你快看，太阳出来啦，雨还在下，雨还在下，是不是太阳雨呢？"

"老师，你说，你快说，雨停了是不是有彩虹呢？我们待会要看天边的彩虹！"

"呀，雨又大起来啦，太阳不见了，太阳是不是被雨浇灭了呢？"

"快看，窗台的玻璃怎么有蜿蜒的小河呢？"

……

这是在课堂里绝对看不到的活泼，每个孩子都那么开心，每个孩子都那么惬意。他们笑着，跑着，乐着。笑声此起彼伏，盖过了"噼啪"的雨声，盖过了一片又一片的雨帘。他们成了此刻最美的风景，是天真，是烂漫，是欢乐。他们淌着雨珠的脸，红扑扑地兴奋，那红晕如沾满露珠的玫瑰花，鲜嫩而芬芳。

雨还在下，一波的狂劲过后，又风卷残云地卷土重来。这是一场狂欢的盛宴，千丝万缕，无所顾忌，重重砸下，密密蔓延。孩子们惊叫着，大喊着，欢笑着，奔跑着。

快乐原来很简单！我不禁发现。

只是一场雨，而已。

日光倾城

　　几场透彻的寒冷后，明朗朗的晴天如约而至。日光晴好，洒遍小城，倾城的黄，柔柔地覆盖，明亮的光温柔地闪烁。静好，温柔，暖意，明媚……所有的词汇在流淌的日光里跳跃闪耀。

　　天以一种难得的纯净，坦荡地呈现在你的面前。

　　抬头仰望，目之所及，铺天盖地的蓝，气势凛然地覆盖高空。纯粹，透亮，柔滑，多得漫无边际，美得清新优雅。蓝，高傲的蓝，它以自己独一无二的姿势写满晴空万里；蓝，高贵的蓝，它以铺天盖地的庞大流泻无涯天际。不要任何的点缀，扯下所有的逶迤，蓝，它似出鞘的剑，贯穿长空。它，无边无际，无惧无畏，震慑了仰望的眼，磅礴了无垠的天。恨不能，飞身上天，捧一抹莹莹的蓝，做成美丽的海洋之星，让它幽幽地闪耀。巴不得，躺在这柔柔的蓝里，轻轻摇晃，闻闻它淡雅的云香，抚一抚它润泽的弹性。

　　阳光，从空中无遮无掩地洒下。丝丝缕缕，成束成束，大朵大朵，直直地倾泻，静静地泼洒，不休不止，不停不歇，覆盖了冷冷的寒风，传达着暖意。看，它在明媚跳跃，在小孩奔跑的身影里；听，它在细细低语，在翻飞的翩翩落叶中。

　　掬一把阳光，指缝里流漏细细的明黄。它，穿过指尖，留下一指馨香，弥漫了一掌温度。

手心的温度，随着血脉自由行走，温暖着整个身心。在阳光的浸润下，暖意懒洋洋地冒着泡泡，倦怠地眯着眼，心，得到最自由的放松。就这样，就这样，泡在日光里，懒懒地思索，懒懒地倾听，懒懒地感触，告别一切烦琐，让自己在和煦的阳光中慵懒成一缕自由的风，随心所欲，无牵无挂，无忧无虑，飞翔……

远处那高高低低的是什么？哦，是山吗？群山叠嶂，蜿蜒起伏。近处的，幽幽的青；稍远的，淡淡的绿。高低起伏，远近排站，以围拢的姿势，拥抱着小城。眯着懒懒的眼，将山的姿色装入眼底，那山，因为阳光而明丽朗朗。它，冒着袅袅的热气，像落入金黄的暖汤里，舒展着浑身的每一个毛孔，尽情地吸收，吐纳，把所有的养分存贮。

近一点，再近一点，那满河波光粼粼的是跌落的星吗？一河的熠熠光辉，争相媲美，闪烁不停，前拥后挤，随着波纹轻轻摇曳。哦，原来是阳光呵，它来到了小河，洒下了这流光溢彩的闪烁。

河水啊，轻一点，再轻一点，小心这满河的珍珠点点溢出两岸。

风儿啊，慢一点，再慢一点，小心这绕城的点点珠光迷离了人们忙碌的眼。

过来一点，再过来一点。向南的楼房，静静地伫立，他们沐浴着日光，涂上一层柔柔的黄，灿烂而明亮。不禁畅想：住在那房里的人，是幸福的。他们能在最近的地方感受阳光，那穿透窗棂，爬满阳台，直达房间的光，悄悄游走，慢慢涂抹，轻轻抚摸。所到之处，暖意融融。

家有阳光，烂漫满屋，家有阳光，馨香满怀。

即使，是陋室，又何足为惧？即使是贫寒？又何必心酸？

一米阳光，蓬荜生辉！

友人曾说：最喜欢晴朗朗的天，那倾城的阳光能带来最愉悦的心情！是的，心情会与天气有关！灿烂的日光赶走所有的不悦，融化所有的烦恼，蒸发所有的阴郁。不知从何时开始，我近乎疯狂地迷恋上阳光，常常对着它静静地发呆。看它穿云透雾，看它覆盖所有，看它装满视线，满心的灿烂便如盛开的花，朵朵明媚，枝枝芬芳。

目之所及，小城的角角落落都涂上了柔和的色彩，心，寂静安然，似漂浮的尘埃在刹那找到安定的场所。闭目间，静静地接住阳光，暖意漫游全身，脑海里不禁浮现几个词：现世安稳，岁月静好！

手机里的短信说今年的冬天是千年极寒的。

但是只要一想到阳光，再寒冷，也不怕了。

倚着篱笆来种花

我想有幢小小的、矮矮的房。木质的门、青色的砖、黛色的瓦、雪白的墙，窗户二三，阳光满屋。

不需要很高，两层，就两层。楼上置卧房；楼下，布厅堂。寂静的夜，一盏橘黄的灯，一窗浅浅的星。虫鸣起伏，稻香阵阵，一股一股的风，翻开闲散的书，扑啦啦，扑啦啦，《诗经》、唐诗、宋词在书页里翻飞如蝶。

我想，屋前，栽上花。

竹质的篱笆，横横斜斜，且疏且密，半人高。

倚着篱笆来种花，蔷薇花、木槿花、牵牛花、金银花……不管哪一种，都喜欢。

春天，可以栽蔷薇。一排排插下，春雨几场，蹿了个头，伸了胳膊，爬呀爬。拇指般的叶，蚕茧似的蕾，一身绿色的锦缎。五月，花开。一篱笆的蔷薇在阳光下举着小小的酒盅，粉红、玫红，层层叠叠，摇摇晃晃。一屋子的花香摇曳奔跑，蜡染一般，桌椅、被褥、衣裳，甚至瓦片上的狗尾巴草，都透着香。

也可种牵牛花。丢下种子，浇上清水，不过几天，绿苗扭着细腰娉娉婷婷地跳着舞。不用指引，牵牛花自个儿就会爬，忽儿缠，忽儿绕，缠缠绕绕，绕绕缠缠，有多欢喜，就有多热烈。一朵，一朵，又一朵，圆圆的小脸庞或红，或蓝，或紫，喜气洋洋，洋洋喜气，拽着你的脚，拉着你的手，让你动弹不得。

屋后，栽瓜、点豆、种菜。

丝瓜、葫芦、南瓜，必不可少。丝瓜和葫芦使劲攀，蹿上电线，爬上晾衣绳、绕过柚子树，抽出藤，长出叶，长长的须茎就着架子或绳子密密缠，一圈又一圈，牢不可破。

南瓜呢。只往低处匍匐生长，阔的叶，白的纹，叶上覆短毛，伸手一碰，糙人得很。它的茎，手指粗，管子一般，有着无穷的力，"呼啦"一下，绿色的帐子，"噌"地铺开，满地都是蒲扇大的叶，随便摘下哪一片，足以遮挡忽然而至的雨。

也种四季豆、豇豆或扁豆。

黑黑的泥土，一陇一陇，中间挖出小小的坑，种子丢下三五粒，覆土、浇水、施肥。不出几日，豆苗抽出细丝一样的藤，缠着竹竿儿，使劲地长。长呀长，掏出几片椭圆的叶，长呀长，别上几朵紫色的花，嗡嗡嗡，嘤嘤嘤，一陇的蜂飞蝶舞，一陇的生机勃勃。再过几日，它把身上的花儿扯了，挂上了月亮一般的果。浅浅的弧，绿色的皮，嫩嫩的豆，朝着你喜眉喜眼地笑。

此时此景，宛若桃源。

是不是该置一架秋千？坐在春天的风里，看满院子的绿，描眉、戴花、梳妆、打扮。秋千荡呀荡，一地的绿，起伏、绵延、垂手、静坐，仿佛，自己也成了绿，青青的心，碧碧的身，翠翠的眉眼，一举手，一投足，都是绿。

这时候，不要与我谈功名，不要与我说利禄，不要与我聊滚滚红尘的纷纷扰扰。

开了门，敞了窗，阳光请进来，清风请进来，花儿、朵儿、蜂儿、蝶儿请进来，憨憨厚厚的乡里乡亲请进来。

我们说说近处的稻谷与蛙声，谈谈远处的青山与雾霭，聊聊院中的蔷薇与茉莉……渴了，泡一杯茶，握在手心慢慢儿品；乏了，搬出摇椅，盖着花香轻轻躺。

夕阳西下，一弯月亮，薄影一般，贴天边。

柴禾与铁锅，不能忘。

油、盐、酱、醋、酒，交错而下，热腾腾的火苗、绿油油的蔬菜、白滚滚的米饭，按部就班。烟火一室，一室烟火，很人间，很生动。无须大鱼大肉，无须山珍海味，粗茶淡饭，怡红快绿，土生土长，就很好。

晚饭后，黄昏拉开金丝银线，盛装莅临。世界笼罩在奇异地柔光里，红也不是，黄也不是，白也不是，温柔的眉眼，短短的绒毛，将你的心搅拌，一波儿喜，一波儿柔，一波儿暖，万千祥和，次第开。

推开篱笆的门，我想，沿河，漫步。

青山绵绵，绿水悠悠。遇到人，大声地招呼，遇到风，尽情地搂抱，遇到星星与月亮，仰起头，不妨，痴痴傻傻地笑。

　　脚心微汗，手心微潮，脸色微红，踏着月光淡淡，推开蔷薇朵朵，回到安宁静谧的小屋。点灯、翻书、写字、听歌，月色一窗，星光一顷，虫声一斗，且思，且记，且笑。

　　不关心物价，不经营人情，不伪装世故。草木为邻，花朵抵足，鸡、鸭、鹅还有兔嬉戏，这样的日子很干净。

　　有人说，这样的日子是诗意的远方。

　　记着，写着，乐着，念着，忽然就乐了。

　　这心心念念的一切，不就是儿时的乡村，儿时的生活吗？

　　若有所思，恍然大悟。来自春天的念想，咕噜咕噜地冒，归根结底，流淌在血脉里的乡村情结。

　　身居城市的我，斗室之中，何来篱笆？何来花？

　　春风起，万物发，倚着篱笆来种花，想念，想念，再想念。

陪伴是最长情的告白

最初注意到她是在清晨的校门口，我骑着车，风一样刮过。她呢，一张大大的笑脸送过来，一声响亮的问候，递过来。

"老师好！"

她的声音，爽朗、热诚、明丽，掠过清晨的风，掠过人来人往的家长，蜻蜓一样，落在耳畔。

于是，记住了那张毫不设防的笑脸，灿烂的、开怀的、真诚的。嘴巴弯弯翘起，牙齿白白露出，明亮得晃人的眼。

这是哪个班的家长？我并未教过她的孩子，为何热情至此？心里虽疑惑，却因为匆匆，并未真正去了解。

一个机缘巧合，让我再次遇见她。"低碳博物馆"的门外，她送她的儿子，我送我的女儿，博物馆里，正举行一个五年级学生的活动。

她说："老师你也在这？"

我问："你也送孩子么？"

"是啊，是啊，我也送孩子来评比！碰到老师真是太凑巧了！"她的声音兴奋且嘹亮，为这样的偶遇，甚而还有一丝掩饰不住的激动。

"你的孩子是哪个？"我有点好奇，没想到她的孩子与我女儿同年级。

她很快地报出一个名。

我不由得惊愕，这个名字在老师们的群体中常常被提起。那是一个非常优秀的男孩，各科成绩优异，有着良好的学习习惯。

她的儿子，在整个年级都是佼佼者。

老师们关于她儿子的评论，在脑海里闪烁沉浮。

一个老师说，为了练习跑步，每天清晨，她骑自行车，孩子跟着跑步，超级有毅力。

另一个老师说，这个孩子聪颖自律，踏实认真，是个极其有潜力的娃。

原来，她，竟是这个孩子的母亲。

不由得侧目，对她多看了几眼。我邀她在博物馆四周走走。她拘谨而开心，嘴角弯弯一翘，又笑了，明媚如斯。

五月的天，蓝汪汪，亮闪闪，一树一树花儿开。我们漫步江边，穿过微醺的风，穿过斑驳的花影，一边说着话，一边看风景。

她竟然很健谈，絮絮的话语，扯不尽的丝线一样，绵软又亲切。

原来，她竟是早认识我的。

"老师，您或许不知道，我是早晓得你，我和你一样来自温州的文成，咱俩是老乡呢？"她说着，略微激动。

"一直觉得您是老师，也不敢过多打扰您。但是，从我的孩子读一年级起，我就注意你，因为你的孩子与我的儿子是同岁。"

轮到我讶然。

没承想，在这遥远的杭州，竟然遇到老乡。

我乐，问："既是老乡，怎不早说？"

她低头，羞涩，低声说："我们家境一般，在我的心目中，老师是高不可攀的人物呢。"

我笑，说："哪能呢？老师最普通，况且，为人师者，家境大多也一般。"

她也笑，说："虽然我们家不富裕，但我对孩子说，有爸爸妈妈的用心陪伴，就是幸福的。"

说完，她从袋子里掏出一本书，正是曹文轩的《青铜与葵花》。

"儿子的老师说，应该亲子阅读。我就陪着他读书。但凡老师在家长会上讲过的，我都会一一记录，竭力配合。他学习，我也学习，他进步，我也进步。我们虽然没有足够多的钱在外面上各种各样的辅导班，但我陪他走遍了杭州所有的图书馆，参加过少年宫所有的活动。这样，也是一种进步，老师，您说对吗？"

我听着，由衷夸奖："你真是一位好妈妈！"

她低头，微笑，一分羞涩，一分不自然，轻轻地说："我远远不够呢！只是按照老师的要求努力去坚持！"

她说这话的时候，江边的月季花正在风中摇曳，朵儿黄，朵儿红，枝枝鲜艳。

很多人只看到花儿的美丽，又有谁知道，这背后，有和风，来细雨，有阳光与露水的滋润。一位母亲，日日夜夜，孜孜不倦地引导与陪伴，是世上最珍贵的爱意。

她说，为了孩子，她全职在家，虽然钱少了，但是一家三口，相依相偎，寻常光阴，也有许多甜美的幸福。

她说，为了孩子，她重拾书本，不仅和孩子一起阅读，还尝试和孩子一起写文章。

她说，不管遇到什么情况，她总对孩子说，要尊敬每一位老师。只有树立老师在孩子心中的威信，才能更好地学到知识。

她还说，不管参加何种比赛，她总叮嘱孩子享受过程，淡看结果，努力过了，就不后悔！

……

阳光悄悄挪转，风儿轻轻飘移，花瓣悠悠飘落。她坐在树荫下，说了很多很多，我的心里涌出许多感动，平凡如她，闪烁的智慧，让我肃然起敬。

终于懂得，为何她的儿子，那个小小的男孩，如此优秀！

那个小小的男孩是幸运的，或许物质不算丰盈，但他的精神丰茂充沛，因为他拥有最长情的陪伴。

今夜我与雪花相逢

一打开窗，迷迷蒙蒙的白似扯断的丝絮，轻轻扬扬。思绪有刹那的停滞，那是什么？那随风斜斜密织的，随雨悠悠倾洒的，细细碎碎、蓬蓬松松、断断续续的……是雪？雪吗？

雪，这美丽的字眼在嘴角辗转轻吟，喜悦的花在瞬间开满心底。

生在南方，对雪有痴痴的恋，年年期盼，岁岁翘首，总望它能密密麻麻、随心所欲、无所顾忌地大下一场。然而，这样的胜景总难相逢。今晚，在这漆黑的夜里，雪，悄然来临。伸手，驻足，长望，它们曼妙的身姿镶嵌在窗棂，灵动而清澈。

千山暮雪，当空而落，忽而被风轻轻地托起，盈盈向上飞舞；忽而从窗前直直地倾泻；忽而丝丝缕缕横着斜飞；忽而急急转弯画出优美的弧。

密密抛洒的雪花，从暗黑的云层喷涌不绝，成二成百的雪花在宽广的天际挂起白帘，飞珠溅玉，簌簌有声。

近处的路灯，映着它们玲珑的身躯，盈盈闪烁，犹如迁徙的白蝶，又似漫天的柳絮。

我不禁伸出手，接住误闯窗棂的精灵，看它们在手心盈盈而落，看它们在脸颊轻轻融化，看它们在衣领静静消逝。瞬间的冰凉，丝丝融化，心也跟着水雾融化了，飞翔到密密的雪花之中……

我想，我也是一朵雪了，六个瓣，晶莹心，漫步高山，飘过江河，行走田野……

今我来思，雨雪霏霏。

记忆的卷轴，缓缓铺开，温暖的，幸福的，滚烫的，冰冷的，失落的，一一涌上，又慢慢褪去。

木心说，我是个在黑暗中大雪纷飞的人。

悲喜交集处，谁又懂得谁的滂沱？

清冽冽的风，冰冷冷的凉，雪未睡，我亦清醒。

晶莹的雪花不停地落，不停地落，浩浩荡荡，飘飘洒洒。悄无声息间，前奔后继时，绵绵不断中，因为不懈不弃，因为铺天盖地，柔弱的雪花明晃晃地展示了它的力量！那是一种震撼人心的力量，让你惊呼，让你瞠目，让你赞叹！听！"啪"的一声，竹子不堪重负，刹那折腰；"吱"的一声，傲骨的青松，低头弯枝！

世间的万事万物，不管高低，不分贵贱，在大雪的倾洒下渐渐银装素裹，浑然一色。屋顶白了，草垛白了，麦田白了，连那夜晚忽然响起的狗吠声，仿佛也是白的了。

明早，将会是怎样的胜景？蓬松柔软的雪，将为南方的人带来一场盛大的狂欢吧。小孩们堆雪人，情侣们赏雪松，更多的人，红泥小火炉，绿蚁新醅酒，约上三五好友，看这一场雪，慢，慢，慢慢地化……

秋日物语

1.

夏落了，秋来了。忽然之间，风就变凉了。许是，这个夏太过浓烈，如一场焚烧的烈焰。太过强烈的，总是容易凋零，不是吗？如花事，如爱情。

九月的风吹飞我黄色的裙摆，我看见硕大的花朵在绽放，棉的柔软一簇一簇地涌进我的怀，像妈妈的手，轻轻地抚摸。夏日的心情随着凉风，渐行渐远。如锐利的蝉鸣，如沸腾的温度，支撑着最后的节奏，却忽然地，不见了。

这个夏日在休眠。一扇窗，紧紧地关着。拒绝一切的明亮。高温是最好的借口。当大家都在烈火下蒸腾的时候，我却躲在24度以下的空调里荒芜。那些寂静，铺满长长的空旷。滴答、滴答，长了脚的声音叩响流逝的足音。时间丢给无涯，无涯里找不到自己。我是谁？谁是我？我听到炽烈的阳光划过夏日的风。浓稠的模样，烫伤了我的魂。

很长的时间里。分不清白天，分不清黑夜。遮光的帘隔绝了世界，隔绝了生活。网络里一则则关于高温的新闻，像一场预演的秀从我眼前飘过，那只是一场燃烧在隔岸的火。

观望，出走，把自己从夏季里剥除，以游离的姿势，埋葬光阴。

为什么每天休息，每天累？我问新来的同事。

该流汗的时候，就得流汗，那样才健康。同事笑着说。

是啊，无所事事地虚度，过度地舒适，健康也会如秋草凋落。

风继续吹。吹着我的裙摆，扑上腰线。如一朵明媚的黄花，那么亲密地环绕。

秋来了。我想。

风轻，云淡，是秋天。风咬着叶的尾巴，一朵一朵地扯落，像一群妩媚的鱼。游啊游，游啊游，填满我的视线。

2.

夏落了，秋来了。

和静一起去"孤山"看秋天。那日的风甚是清凉，漫天的落叶，一片一片金黄。满塘的荷花虽显现出颓唐的姿态，一些倔强的仍一朵两朵孤傲芬芳。

荷池前，停下，倾听。秋在叶片上唧唧细语，翻卷的微黄，是它留下的齿痕，如此疼痛，像爱的印记。枯萎从叶的边缘开始，一点点蚕食，像一个无法更改的结局，侵吞一场火热的曾经。

走吧。走吧。秋，竟是沁凉的一场忧伤。

山道里，花儿清凉，树木安静。一路的人声耳语也是静静的。走走，停停，停停，走走，一路的脚步声，空荡成一声声寂寞的鸣响。

一个老人，满头银发，一身素雅，像一只白色的蝶，优雅的端庄攫取我的目光。她慢慢走近，又悄悄地远去。遇见，仿佛是一朵飘忽的云，还来不及看清它的真实，已然模糊消散。

是真的吗？没看错？是的，是的，那转身的瞬间，我记得老人的笑，灿烂、明丽，像一场浓郁的花事，活泼、青葱、繁盛。

而我？竟在她的明亮之下，瑟缩了一下，心里的沧桑黯淡，显露无遗。

那一刻，我坚信。她比我年轻。

有人说，生活是一面镜子，你热爱它，它也投射出你的激情。你放弃它，它也映照你的萎靡。

学习吧，感悟吧。

对着太阳笑，对着月亮笑，对着生活笑。

3.

夏落了，秋来了。

杭州城被桂花的香轻轻抬起。那些清浅，那些执拗，那些若有若无的香啊，铺在你的怀里尽情撒娇。

心动，只因，又是一年桂花开。

在九溪，天真烂漫的娃娃传出笑声阵阵。沁凉的溪水里，数不尽的欢乐跳跃扑腾。一束束飞起的水花，晶莹直白。

　　而我，在岸边静静赏花。

　　一棵又一棵的桂树迎来自己的鼎盛时期。高高的枝干撑起大片的空间，细碎的金黄密密匝匝，鼓出，抱团，出声。这里，那里，整棵树，整片林，罩在蒙蒙的黄里，如此盛大，如此磅礴，是一场交响乐，还是一次集体舞？美好太过隆重，仿佛一不小心，它们就要起飞，飞到天边变成云霞一片。

　　树下，仰头望。

　　香气是纷纷坠落的雨，一粒一粒儿饱满轻盈。沐浴着这场淋漓，眼睛，眉毛，脸颊，湿透一波又一波的香。轻轻地一转，裙摆里也旁逸出无数的香。

　　那香会飞，忽而在发梢，忽而在肩膀。怕香味惊醒。站着，一动也不敢动。静静地，静静地，与桂树持久对望，仰望的四十五度里，是我那个下午的幸福。

上好的日子

开着空调，裹着薄被，睡到自然醒。微微的晨曦一点点挪，清晨亮着一张脸，对你暖暖笑。

丫头揉着惺忪的眼，从她的房间滚到你的床上，她把笑声铺满，鼓鼓的脸颊饱蘸睡足的甜，贴着你的怀，把心跳一声声送。

打开窗，碗口大的玉兰，白鸽样，蓬松迷人。温柔的合欢抖擞羽绒，绯红如霞。树下，有摆摊的人，有买菜的人，话语朗朗，生动明媚。

你穿着拖鞋，披着睡衣，"哒哒哒"跑楼下。小小菜摊，蔬果林立。玉米颗粒圆润，猪肉色泽鲜艳，黄瓜长着刺，青菜还滴着水。老板是个和蔼的人，他说，猪肝保证好吃，他说，西红柿随便挑，一块钱两个。你沉浸在他生动的介绍里，不禁多买了几样。

爬楼梯的时候，盘算丫头的早餐。一个荷包蛋，一碗水饺，一块西瓜。是不是也算丰盛？想着，想着，你会微微笑。丫头最近胃口不错，你沉醉在她夸张的吃相中，如同看到一盆旺盛的绿萝，抽枝长叶，葱茏拔节。

煎蛋已经很熟稔，七分熟，金黄色，咬一口，汁漫流。水饺放在高压锅里煮一分钟，特别有嚼劲。而西瓜，刀一碰，"砰砰"开裂，红瓤绿皮，甜甜的样。

丫头吃得欢，风卷残云，还不忘朝你竖起大拇指。你的笑融入她的笑，你看到日子里的好，朝你一朵一朵漫流。

照例先看书，再弹琴，丫头和你一起看同样的书。有些段落，她居然背得七七八八，你听得讶然而欣喜，赞美的话一句句送与她。她听得开怀大笑，天真又烂漫。这样的她可爱非常。

下午，你不忘给母亲打个电话。电话里，母亲笑声朗朗，她忙着晒四季豆，问你要否。你邀她来杭住几日，她一口答应。你的喜乐在电话的这一端缠绕，寻思着是不是要买一口好的平底锅给母亲煎饺子、摊面饼，让她也尝尝你的手艺。

夕阳西下，你沿河散步。一株野生的蒲公英在高高的墙上朝你歪头笑。不由得慢了脚步，用目光丈量蒲公英栖息的缝，仅仅只是一丁点儿的地，比绣花针大一点点，它居然抽出了枝，长出了叶，开出大捧的花，金黄的朵，圆圆的小太阳。你认为这样的蒲公英比花圃的牡丹还要美，心里的感动一汪汪，为这野生的草。

河的那一边有蔷薇一朵或两朵，粉红的模样，娇俏得很。一个个陌生的人从蔷薇花旁走过，或姑娘，或青年，或小孩，你瞧着每一个都很好，迎面而来的人，带着蔷薇的香。你忍不住地想用微笑去迎接。一次擦肩，或许，永远不见。你祝愿每一次的相逢，如春天的蔷薇花，开出一朵又一朵的暖。

散步回来，一楼的新邻居，一个爱养花的男人，在六十平方米的小房子前叮叮当当地忙碌。一个不是平台的平台，门板大小的地，通过他的整修，花鸟虫鱼，各安个家。鱼池、绿萝、茶具一样不差。两旁的墙壁，甚而垂下一长溜的吊兰。一片密密的绿里，你看到他的笑，安之若素，春风拂面。

晚，友人相邀。灯光柔软，菜肴香。你听闻她的女儿期末考得了第一名。你看到世俗里的好，开成一朵香香的花；你听到夏夜的虫鸣，渐次嘹亮。

夜深，你因一只蚊子的扰，睡了，又醒。打开微信，看到朋友圈转载"花千骨"与"杀阡陌"的唯美画面。他一统妖魔两界，自负容貌天下第一。而他却对她说："若能救你，不要说拿去我的性命，就是毁了我的容，也是愿意的！"

愣在这样的对话里，只觉时光如斯，真爱如画。

推窗，一轮圆月悬于天际，白润的脸庞，晶莹无瑕。你看着它袅袅婷婷，穿云过雾，一些欢喜，在心里，浅浅漾。你忽然觉得有许多话从心里冒出来，止也止不住，情不自禁打开电脑，要把这些日常的好，变成一个个美丽的字。

你恍然成为富翁，幸福和爱，琳琅满怀。

你相信，文字在，美好在，每一天，每一篇，都是上好的日子。

幸福，就是傻瓜遇上笨蛋

小雅嫁给温文的时候，大家笑她傻。温文有什么呀？不高，不帅，瘦成一条竹竿，风吹就倒。何况，他不会甜言蜜语，不懂八面玲珑，更要命的是，穷，连套像样的房子都没有。

傻，真傻。小雅的朋友唉声叹气，很为她不值。

怎能不傻？在大家削尖了脑袋想找"高富帅"的时代，小雅愣是给自己找了个"矮穷挫"，且开开心心地嫁了。

按小雅的话来说，温文很好，有一颗水晶一样的心。心？几斤几两？值几个钱？小雅的朋友们眼皮都不抬，"喊"的一声，笑得弯了腰。

小雅并不动摇，想，傻就傻吧，傻人有傻福呢。

婚礼很简单，誓言很平常。温文对小雅许下心愿：不求富贵，不求名利。倾其所有，对你好。

一句"对你好！"让小雅的眼睛水雾蒙蒙，怦怦跳的心，忽然安静。她握住温文的手，仿佛握住天长地久。外面，阳光铺满大地，微小的尘，在阳光下快乐地飞舞。一些望得见的好，在玻璃窗上，闪闪烁烁。

婚后的日子，凡尘中的俗世，柴米油盐，买菜烧饭，温文样样拿手。他一头扎进厨房，油烟四溅地忙碌。偶尔，小雅也想帮忙，跳进厨房说要洗菜，温文一把将她推出去，说，这里油烟大，小心熏着你。小雅便心安理得地享受温文为她准备的佳肴。

所谓佳肴，不过是一叠青菜、一盘豆腐、几片猪肉。小雅对吃并不讲究，只要温文烧的，就是好吃的，常一脸幸福地赞叹：真美味！温文笑得开心，顺了顺小雅额前的发，说，傻瓜，这算什么，等我有了钱，带你吃大餐。小雅笑，说，不爱大餐，就爱温文烧的青菜豆腐！

一顿寻常的家常饭，小雅和温文吃得甜甜蜜蜜。

温文没钱，贷款一部分，也只买了六十平方米的老房子。别人家的房，高楼大厦，明亮宽敞，豪华又气派。小雅呢，窝在六十平方米的老房子里，转个身都困难。温文内疚，说，委屈你了，小雅。

小雅偏不觉得委屈，扬起脸蛋，朗朗地笑："只要在一起，哪里都是天堂！"

每每这时，温文就会沉默，温柔地搂住小雅，用脸颊摩挲她的脑袋。世界安静，时光纷纷，两颗怦怦跃动的心，仿佛鼓点，仿佛天籁。

日子去了。一天天走，一月月流，一年年过。烟火寻常，小雅过得风吹云动，安心知足。温文忙忙碌碌，一如既往对她好。小雅珠圆玉润，白里透红的脸蛋，更胜从前。即便有了孩子，小雅依然如少女一般，不谙世事，不懂人情，天真烂漫宛若十八。

温文的亲戚们看不下去了，直骂温文是笨蛋，娶了媳妇，啥事自己干。这不是要把媳妇儿宠上天了吗？

亲戚们说得有理，小雅十指不沾阳春水，家里的事，一问三不知。她每天打扮得漂漂亮亮，像一只花蝴蝶，傻傻地快乐。

小雅赖床，冬天的早晨不愿出被窝，温文烧好早餐送到卧室，不厌其烦；小雅爱吃水果，下雪天的夜晚想吃梨，温文二话不说雪中找梨；小雅心疼娘家的妈，温文把好吃好用的买来孝敬丈母娘……

去旅游，温文帮小雅策划好路线，预定好旅馆；去医院，温文帮小雅早早地挂了号，预约最好的医生；去单位，温文天天地用车子开过去，接回来……

多年的依赖成习惯，以至于，大事小事，小雅通通喊："温文——温文——"温文是小雅的超人，总是第一时间里，帮小雅将所有的事情妥妥办好。温文在，世界在。小雅活在温文的保护伞下，成了一个快乐的傻瓜。她不会烧菜，不会开车，不会订火车票，不会交水费、电费……甚至，坐公交车，温文都要预先将路线查好。

生活是蜜罐，没有豪宅豪车，没有名利钱财，只有一颗最美最好的心。那颗心，全心全意想着小雅，一门心思爱着小雅。小雅觉得幸福。她不羡慕，不比较，活在快乐中。

温文呢？穿旧衣，吃剩食，节俭之极，勤劳之极。笨，果然笨。心甘情愿地笨，一往无前地笨，几十年如一日地笨。他总笨笨地说，除了一颗心，别无所有，愿意为了小雅，笨到天长地久……

那年，温文考上公务员，到了新单位。温文不会察言观色，不懂八面玲珑，只知道埋头苦干。单位里的重活、苦活都让他干了。他也无怨无悔。

偏偏，温文的领导，喜欢这样的笨人。领导觉得温文做事稳重，不声不响，却将事情干得漂漂亮亮。居然提干了，笨笨的温文年年先进，且还有一个小小的职务。

职务虽小，也有小小的权。

温文还是笨，踏踏实实地工作，不阿谀奉承，不收受礼物。人在背后指指点点，说新来的领导真怪，不懂审时度势，不贪图便宜。这年头还有这样笨的人，稀奇，真稀奇。

温文只当没听到，觉得笨一点，挺好。活得坦荡荡，敞亮亮，才能有长长久久的好日子。

小雅也觉得温文笨得可爱，她总说，有职务，可不能学坏了。咱啥都不要。干干净净的工资，够花了。白米饭，青菜豆腐，日子清澈见底，好得很哪。

十年，眨眼而去。

小雅和温文结婚十周年。曾经笑小雅是傻瓜的人都羡慕小雅，说，小雅你找了个世上最好的男人。

当初，说温文是笨蛋的亲戚也宽容地夸小雅，虽然家务干得不多，心地却善良，且对温文好着呢！

幸福，就是傻瓜遇上笨蛋。

温文和小雅，在往后的日子里，继续着傻瓜和笨蛋的童话，他们的婚姻将会迎来二十周年，三十周年，四十周年……

小雅相信，傻傻的快乐，笨笨的开怀，如尘埃中的花，不停地开呀开……

斯人如彩虹

为了参加一个市级的优质课评比，我来到陌生的城市。

天已傍晚，冰凉凉的雨丝一帘又一帘，扑面而来。

陌生的大道，车子碾着泥泞疾驰而过，呼啸的声音，飞溅的泥水，交织忙碌。

我瑟缩着身子，踌躇而小心地挪着脚步，一手撑着摇摇欲坠的伞，一手提着重重的行李，望眼欲穿地寻找出租车的踪影。

一辆又一辆的车从眼前疾驰而过，飞出的子弹一般。

没有我要找的出租车，偶尔有一两辆，根本不看你伸出的手，傲然碾过泥浆，漠然飞驰。

真怕，自己一不小心就被车刮起的气流给卷走。

雨越下越大，天越来越黑，车越开越快。大道上的我越来越渺小，异地的冷慢慢将我围拢。

车灯一闪一闪，凌乱的雨丝也一闪一闪。

我尴尬极了，不知为何没有车子停下来。

有人告诉我，因为交接班，这个时间是打不到出租车的。不过，可以先坐三轮车，到公交站点，再坐 27 路公交车回目的地。那人善意地提醒。

我谢过她，开始寻找甲壳虫一般的三轮车。

果然有一辆，一耸一耸地朝我骑来。我拦住车子，说了自己的意图。那个车夫，三十左右的年龄，满脸笑容地回答："没问题，保证将你送到。"

坐到了三轮车上，双脚放松，双手放松，倚着靠背，缓缓地舒了一口气。那些雨，蓬乱无章，时不时地掠过我的脸庞，时不时地打湿座位。然而，我竟不觉得冷，也不觉得累，听着轮子滚动的声音，望着车夫弯下的脊背，莫名温暖，莫名踏实。

路不大好，三轮车骑了很久，弯弯拐拐，拐拐弯弯，到公交车的站点，花了将近二十分钟。这么远的路，他只收我五块钱。我不禁对他看了又看，他的脸极其普通，走入人群便淹没，唇边一抹笑，和蔼可亲。

站在他帮我指定的公交站点，耐心地等着 27 路公交车。一辆又一辆的车从前面开过，27 路车却杳杳无踪。15 分钟过去了，依然不见 27 路公交车。我开始怀疑，问旁边的路人，路人用惊讶的眼神看了我一眼，说："这个站牌根本没有 27 路号车！"我不可置信地仔细核对站牌上所有公交车的号码与路线，果然没有 27 号！

心，在刹那间五味杂陈。对三轮车夫所有不好的回忆涌上心头。在自己的小县城里，三轮车夫几乎都是狡猾与贪婪的。明明只要三块的价格却会无故赖你四块，如果理论，他们会鄙夷地嘲笑或勃然大怒，粗言秽语让你不堪。我向来对底层的劳动者怀着一丝敬意与同情，然而，三轮车夫的恶劣让我的敬意消失尽矣。

"居然骗人，简直太可恶了！"我喃喃地咒骂。刚才那位车夫和善的面容在心里变得狰狞。人世间最基本的信任遭遇了此刻的错误，单薄如飘摇的雨丝，摇摇欲坠。正当我不知该如何是好的时候。只见，一辆三轮车急匆匆地从远处驶来，是的，就是刚才那辆载我来的车子。车夫见到我的那一刻，长长地舒了口气，说："还好，你还在！真对不起，27号公交车以前是在这个站点的，现在改路线了，我也是刚刚才知道，来，快上来，我载你去新的站点！"

我惊讶地看着眼前充满歉意的脸，一丝火热蹿上脸颊，为自己恶意地揣测而羞愧地燃烧。

车子在暗沉的暮色里划破雨帘，昏黄的车灯闪着雨丝缕缕明亮。很长、很长的一段路后，终于到了新的站点。刚好，27号车拐过路口的弯道出现了。车夫指着车子，对我笑："很凑巧，你到了，车子也到了，快上车吧。"我把钱递给他，他却赫然地摆摆手。我一再地坚持，他还是坚定地不收，只是憨厚地重复："你刚才已经给过了，快上车吧！"

我捏着递不出去的钱，手心暖暖的。一个人在异地的冷寂与孤单，随着手心的暖意渐渐退却。

雨不知何时已经停住，暗黑的云悄悄褪去，天边出现一抹亮光，绚丽、斑斓、柔美，如同彩虹……

小囡

当我拎着一把青菜却无法爬上楼梯之时，想起六岁那年出水痘，她端着一碗甜甜的水煮蛋，说，乖，不怕，吃了鸡蛋，身体就会好！

那碗水煮蛋又甜又香又软，团在童年的记忆，热乎乎。现在跑出来，哽在我的喉咙，塞满口腔，变成喘气声跑进又跑出。

一棵白菜，为什么那么重？它像八爪鱼扯着我的手，扯着我的脚。楼梯的攀爬，显得艰难异常。

爬到五楼，的确是"爬"，我将白菜扔进厨房，将自己扔进房间的床，狼狈的模样仿佛是一条离开水，张着嘴巴，渴望呼吸的鱼。

我拨通了她的电话。

"喂，小囡！"是她的声音。这么多年，她一直叫我小囡。

我又想起，四岁的时候，她要去河对面，我扯着她的衣裳，哭天抢地要跟去。她无法，只能将我带上。走街，渡船，一船的人挤在一起，摇摇晃晃。她将我紧紧搂住，对着大家笑，这是我的小囡，性子可犟了。

回想起她叫我"小囡"的模样，仿佛望见多年前的河，亮闪闪，清凌凌，舀一舀，有水珠"吧嗒吧嗒"落。我的手，真的湿了，用袖子擦一擦，却是眼眶里的泪无端地跑出来，我说，妈……

这个字，团在口腔，吐了一半，留了一半，受了委屈一般，挪不出窝。

"小囡，怎么了，妈在，妈在！"她的声音惶恐不安，又惊又疑。

"我没力气，走不了路，爬不了楼，妈！"身体里的信息，在这一刻摊开，我在自己的叙说里，看到天边的夕阳，血一样红。

是的，血一样红。当我在草原，风沙割过脸庞，身体里某一处鲜血冲破常规，崩塌一般倾泻而出。我听到自己的心跳"咚咚"地擂起。手抖了，脚颤了，眼睛模糊了，迷迷糊糊中我的嘴唇发出了"妈妈""妈妈"的呼唤。这两个字驮着光，带着暖，乘着绛色的云朵轻轻降落。

青草溯流，野风回舞。草原的腹部，吐出紫色的野花，一朵朵。它们如我一般，脆弱、娇小、忐忑，齐齐地呼喊："妈妈！妈妈！"耳膜鼓荡，血液流淌，我的眼睛有红色的迷雾炸开。在遥远又偏僻的地方，我仿佛听到她的发音，她说："小囡，小囡。"

小囡，小囡，无数的"小囡"轻轻地晃，像花蕊中的露，像清风里的光，像草原里飞跑的羊……我想，我是眩晕了。

"别怕，别怕，妈妈在！"电话里，传来她的声音，又急又忧。

放下电话，思绪飘摇。五岁那年，感冒，发烧，要打针，死活不肯，扯烂她好好一件花衬衫。歇斯底里过后才发现，打针其实并不疼，蚊子咬一般，而她的手背却留下我的抓痕，青紫的色，深深的印。

我乖乖地匍匐在她的背上，她的心跳"咚咚"地传来，撞到我的耳膜，我的脸红了，耳朵热了，不好意思地垂下了头。

一路上，她逢人便说："这是我的小囡，性子如辣椒，终于安静了，可惜了我这好好的花衬衫……"

花衬衫？我看到闪着金光的蝴蝶从眼前飞过，又看到无数的星星在眼睛里乱舞。摇了摇脑袋，一波黑暗袭来。

我想，我是生病了。可是，此刻，却不害怕了，因为她，在赶来的路上。

我好像睡着了，又好像没有睡着，一双耳朵紧紧地竖着，楼梯里细微的声响，敏锐地传来。果然，她来了，踢踏，踢踏，踢踏，一脚重，一脚轻，她的脚步声我永远记得。

她开了房门，直奔我而来，和暖地笑，轻轻地说："小囡，小囡，妈来了……"

我笑了，消失掉的力气，忽然又回来了。

阳光如雨，秋风似露，眼前的一切，仿若梦。

梦里，我裹着被子，轻轻地喊，妈……

她下了楼梯，去了菜场，桂圆、龙眼、当归、枸杞、里脊肉……大包小袋地购买。

我的冰箱变得满满当当，她坚信，只要吃好了，我的身体也就会养好了。

醒来，她已然烧好煎蛋桂圆汤，送到我跟前，说，吃了吧，甜着呢。

咬一口，汁漫流。果然甜。

你当初坐月子，就爱吃这个，妈一直记得。她笑了，明暖、轻快、柔和。我点头，雾气跑进眼睛里，痒痒的。身本里某一处记忆，桃花一样绽放。

我的脆弱，在她的美食治愈下，悄悄融化。

她呢？一双手，一刻也不闲，矮胖的身子在狭窄的房间腾挪转身。

桌子、椅子、柜子、沙发、油烟机、电风扇……每一件物品，她都将其擦得闪闪发亮。甚至，我橱窗里的衣裳，也要一件件理得整整齐齐。

而厨房，她终身服务的地方，油盐酱醋，乒乓有序。"滋啦滋啦""哗啦哗啦""淅沥淅沥"，各种声响，交错起伏。

芦笋、大豆、黄鱼、青椒、南瓜、带鱼……各种菜肴，变成美味端到我跟前。

她的嘴角含着笑，总有办法，将烧饭这件在我看来异常烦琐的事做得云淡风轻。

我说："妈，辛苦了！烧菜好麻烦。"

她道："有什么麻烦，再方便不过了。"

我佩服她的花样，绝不重复，每一样小菜，清淡可口。她总盯着我说，慢点吃，吃多点。我每吃一口，她的笑意便深一层。

小时候，我四岁，或者五岁，她端着一碗饭跟在我后面跑。我不安分，含着饭，东跑西跑，她捏着勺子，耐心地跟在后面，讨好地说："小囡，乖，接一口！"我有时听话，有时不听话，偶尔接一口饭，她便乐得眼睛眯起来，不停地夸："小囡，真乖！"

现在，她七十多岁了，她依然叫我"小囡"。

我想念家乡的拉面，我说的时候比了手势，觉得自己可以吃整整一脸盆。

她信了，又跑出去买面粉，和面、揉面、切面、拉面，整整一大锅，她说，小囡啊，妈的手艺有进步，不信，你尝尝。

是的，她做的拉面，均匀细长有嚼头，一咬一个香……

小囡，你整整吃了一大碗呐……她看着我喝完最后一口汤，眉毛眼睛跳着舞，唇边的笑，意犹未尽……

把生活过成你想要的样子

这是我想要的小日子，有大把大把的时间自由支配，买菜、烹饪、洗涤、阅读、写字、听歌。孩子依偎，他在身侧，书案上的花儿，一朵一朵开，窗外的月亮一寸一寸飘……

小日子

> 我们夫妻俩就同坐窗下，
> 她绣她的花草，
> 我裁我的皮包。
> 窗外落叶无声，
> 屋内时光静好，
> 很有一种让人心动的美感。
> ……

读着陈道明写的这段文字，我在阳台，看书，听鸟鸣；他在厨房，淘洗绿的青菜，腌制白的萝卜；丫头呢，书桌前坐着，认真思考习题，一支笔在手中忽而转，忽而旋。

时光如水，清澈见底，细节里的脉络，纤细颤动。

这样的日子，静谧，祥和，平淡，让人欢喜。

人们称这样的日子是"小日子"。日子前加了个"小"，无端生动，安谧里洋溢明媚，烟火中透着恬静。

小时，妈妈喊我，不喊全名，她喊我"小霞"，一个"小"字，听着温暖，三分亲切，三分宠溺，还有三分爱怜。

小日子，轻读这三个字，如含甘露般的荔枝，轻轻一咬，香甜的汁，带着"小甜蜜""小确幸""小满足"在口腔里满溢而来。

小日子，细微、寻常、精致、玲珑，没有轰轰烈烈，没有鲜衣怒马，却是润物无声，细水长流，仿佛新鲜的空气，仿佛花间的雨露，仿佛夜夜悬在头顶的月亮。

小日子里遍布柴米油盐，遍布安康喜乐。你在，我也在，你做你的事，我做我的事。花开着，鸟叫着，我们放下手中的事，相视一笑。小小的懂得，小小的情意，小小的交流，日子轻盈圆润，有了温度。

如果，你年轻气盛，如果你向往远方，你会看不到"小"，你会对"小"嗤之以鼻。你以为，未来充满幻想，海阔天空凭鱼跃，你以为耽美于小日子会消沉意志。

唯有经历岁月的沉淀，看过繁华，尝过离聚，才会珍惜小日子的饱满与生动。

外公与外婆，九十高龄的俩老人，守着小院子，过着小日子，让人羡慕。

小小院落，白菜青，丝瓜翠，水嫩的小葱挂着露。外婆踮着脚，将刚洗过的衣裳往绳子上一晾，外公抓一把细米洒向地面，一个说，老头子，把今儿母鸡下的蛋，好好存着。一个说，老太婆，土豆该熟了，挖了来，周末给孩子们尝尝。

小日子是什么？只不过是平平淡淡的碎语，有一句，没一句，牵着丝，拉着线，交织着岁月静好。

小日子里最大的好，便是彼此一直相互陪伴，相互扶持。

那年，外婆摔了，腿骨折，外公在手术室之外，盯着手表的分针，大气不敢出。及至手术成功，外公喜极而泣，一双老眼，泪花灼灼。

这便是生活，谁也不确定下一刻会发生什么？将小疼痛，小心酸，小伤感，一一释怀。淡泊宁静，乐观知足，将小日子过成细细的水流，轻轻的风。

这便是好。

唯喜，将小日子经营得风生水起的小女子。

文友琴儿，善养花，善读书，善写字。她的喇叭花、吊兰、铜钱草，娉婷生动，发芽、抽茎、长叶、开花，她用照片一一记录。她亦常写字，写日常，写琐碎，写平淡的似水流年，她笔下的文字，深情、精致、饱含深意。她一直努力，用柔软温润的心将小日子盘活，将疲惫赶走……

那个叫彼岸的女子，让人羡慕。她常年居住在小镇里，读书、写字、煲粥、插花，一身棉麻的衣裳，空荡似风；一袭牵牛花，繁盛似锦。她将世俗盘剥，坐在自己的意愿里，将文艺与小资融入小日子。

生活虽然庸常，却也密布吉祥，日子即便琐碎，依然静谧美好。

常常，她坐在小院里，看日升日落，看丝瓜与向日葵竞相开放，看牵牛花的帷幔缠绕如帘。

如此这般小日子，质朴简单，深情迷人，仿佛绿色的植株，新鲜、蓬勃、恬静。

年岁渐长，不喜热闹，不喜交往，唯喜在小日子里的怡然自得。

清晨，去菜场，挤在摊位前，挑选、问价、过秤，一会儿工夫，左手大西瓜，右手豆腐、玉米、九节虾，沉甸甸，憨实实，虽然重，但一想到丫头大呼好吃的样子，忍不住微笑。

厨房里，油烟四溅；阳台上，衣裳飘荡；书桌上，一杯绿茶，袅袅飘香。

这是我想要的小日子，有大把大把的时间自由支配，买菜、烹饪、洗涤、阅读、写字、听歌。

孩子依偎，他在身侧，书架上的花儿，一朵一朵开，窗外的月亮一寸一寸飘……

写下这些字的时候，忽然想起牛郎织女，许仙白娘子，他们一生所求的，不过也是寻常安稳的小日子，而已。

沈复的《浮生六记》让那么多人喜欢，亦是因为日常。布衣蔬食的欢愉，柴米油盐的琐碎，夫唱妇随的情投意合，此种小日子，让读者羡慕向往。芸娘亦成为中国文学史上最可爱的女人。

浮生若梦，为欢几何？

耳边不禁响起庞龙的歌曲——《幸福的两口子》：

记得你爱穿白裙子

我最喜欢你的大辫子

站在河里光着脚丫子

数着天空飞过的小燕子

一起坐在家的小院子

你笑我变成老头子

我笑你变成老婆子

……

听着，莞尔。这样的小日子，处处寻常，遍地琐碎，随手掬来，珠子琳琅，祥和、温润、深情，闪闪发光。

歌者

1.

小区门口，挨着一座园。

园有好听的名——梅石园。园子不大，假山、亭子、鱼池，玲珑剔透，颇为雅致。

乾隆皇帝下江南，游过此园，故，保留至今。

园中有绿植，杜鹃、栀子、桂花、梅花，依着节令，不停歇地开。一弯紫色的长廊，颇有年月，镂空的扶手，斑驳有痕。廊下有池，池中有鱼，火焰一般，搅动池水，摇摆不息。

小区里的老人们，用过早饭，踱着步子，慢悠悠地来到小园。他们背水壶、拎果子、拿二胡，三三两两地聚在长廊上。

敲锣、打鼓、拉琴，一阵铿锵的开场锣点，二胡的弦上滑出清丽的音。也就有人站在了长廊的中央，丁字步、兰花指，挺胸抬头对着假山、桂树，袅袅地开唱了。嗓音略老，高音悬空，偶尔接不上；低音阻滞，时而下不去，风中，他们的白发微微颤抖，他们的动作稍显僵硬，他们的气息，时有不足……

但是，有什么要紧的呢？

园子，是他们的舞台，他们是自己的歌者。

唱、念、做、打，有模有样；每一个旋律，袅袅不绝。人的心，缠着千丝万线，随着宛转的唱腔，走遍万水千山。

《梁祝》《红楼梦》《孔雀东南飞》……经典的越剧片段在园子里一段、一段地上演，吹拉弹唱，戏剧的世界里，老人们沉浸、触摸、演绎，一板一眼，一招一式，丝毫不马虎。

歌声婷婷，在小园的上方，缕缕游走。如同水袖，波浪翻卷；似乎细丝，渺渺抵达。看着，听着，心里有欢喜，浅浅漾起。

2.

小区出门，直走，右拐或左拐，都到五柳巷。

正是秋天，硕大的梧桐叶，微微蜷缩，一边儿黄，一边儿绿，风一吹，哗哗地落了。忽然，角落里传来歌声。草芽上的露珠一样，纯净无瑕，随心所欲。再听，一些歌词快乐地跑来，新开的泉眼一般，细细的流，汩汩的水，前赴后继。

循着歌声，去寻找。角落里，看到她——小巷的环卫工人。

她在打扫，面带微笑，一边工作，一边歌唱。手中一把大大的笤帚，"唰唰"地触过地面，落叶在她脚边堆积，金黄的云朵一般。她在叶片的中央，神情自若，仿佛登上金黄的舞台。

不知不觉地停了脚步，不知不觉地对她行注目礼，不知不觉地想到诗句——此心安处是吾乡。

不忘初心，方得始终。

她橘黄的工作服、硕大的笤帚，映衬满地梧桐叶，竟有一种说不出的美。

3.

楼下，新来一家卖菜的。

那卖菜的老板娘，爱笑，牙不算美，嘴巴也阔，却不在意。她带着围兜，坦荡荡地笑，两只酒窝，落入雀斑，几颗，淡淡的，洋溢着俗世的好。买菜的人多，她不慌不忙，一边招呼，一边拿菜，身手伶俐，脚步轻挪，如耍杂技的大师，丝毫不差……

午后，顾客稀少，老板娘站在或红或绿的蔬菜之间，一边利落地整理，一边轻轻地哼唱。

我以为听错了，再一抬头，果然有歌声从她的嘴里，嘤嘤地跑出来。

她浅浅的雀斑，阔阔的嘴，略黄的头发，都因为这不知名的曲，无端地温柔。红的萝卜、绿的白菜、紫的茄子，一捆捆的大蒜与芹菜，恍若躺在水波之上，绿的更绿，红的更红，白的更白。

或许，并不动听，只是一些细小的旋律。可这简单粗糙的哼唱，无端地让人驻足微笑。

人问，老板娘，是不是赚了许多钱，高兴得竟唱起歌？

她阔阔的嘴，咧开了，说，哪能呢？小本生意，起早贪黑，辛苦得很。唱歌，只为让自己忘记疲劳呐！

却原来，小小蔬菜店，亦是磨人的。凌晨两三点起床，买货、装车、运输、卸货、整理，再一一过秤、装袋，分散到顾客的手中。

睡眠不足是经常的事，但是，分明，她又是精神的。

在白的萝卜，绿的扁豆面前，她的歌声，娓娓地传出来。

我仿佛听到一铺子的蔬菜也在轻轻哼唱，执拗、明丽、欢快。

4.

出门，右拐，走几步，便到了南宋御街。

御街，颇有年月，与南宋的皇帝有渊源。

与热闹的河坊街相比，御街显得清幽美丽。街道两旁的店铺，或文艺，或古风，或小资，顾客稀少、店铺安静。

街道一角，有歌飘来。

那歌，沙哑、粗犷、磁性，带着一股子北方的阔达，一声一声又一声撞进耳膜。心，莫名地漏了一拍，仿若似曾相识。

站住、聆听、沉浸，沧桑的气息，迎面而来。这歌声，些许寂寞、些许凛冽、些许柔软，雪花一样轻轻落下，让人想起大西北，想起高原，想起刀郎。

　　耳朵被歌声所牵引，不知不觉走到跟前。也就看到那位寒风中的歌者，衣着落魄，神情自若，弹着吉他，低着头，深情地演唱。

　　并不在意有没有人听，也不在意有没有人鼓掌，甚至，不在意是否有人将钱投在那个敞开的吉他盒。

　　他在自己的世界鲜衣怒马。歌声为屏，旋律为帐，隔离万丈红尘。音乐的世界，忘却前世与今生。只有歌声，唯有歌声，是他一个人的诗集，一个人的月光，一个人的锦绣。

　　他从何处来？又将流浪去哪里？

　　他的脸映在灯光下，模糊又坚毅。

　　歌声缭绕，不绝于耳。他还在唱，为古老的街，为斑驳的墙，为迎面而来的风，尽情地、淋漓地、忘我地唱。

　　美丽的歌声，河流一样飘荡整条街。

　　一条街的音符，风中飞舞，给偶遇的每一个人，送去灯盏一般的光亮。

人间四月有芳菲

1.

四月，湖边的花草繁荣出一大片，又繁荣出一大片。

初春的美丽从那片温柔的二月兰开始。烟雾一般，弥漫着、延伸着、渗透着。风来，如浪涌动；雨来，氤氲迷蒙。看着，看着，仿佛自己也是其间含笑的一朵，纤纤细细，摇曳欢笑。

《一帘幽梦》里那个叫紫菱的少女说：我有一帘幽梦，谁能解我情衷……

这样的二月兰，也是一帘幽梦吧。

还没从二月兰的梦里惊醒，又发现一片片白色的蝴蝶花开了。低低矮矮的蝴蝶花，一朵又一朵，一片又一片。细长的叶子静默垂下，无数的"蝴蝶"白翅翩跹。看了这一只，漏了那一只，赏了这一堆，还有更多的一簇在远处招手，真可谓目不暇接，美不胜收。

绣球花也擎起胖乎乎的拳头，圆溜溜，蓬松松，隆重开放。一个一个"绣球"微微摇晃。谁家女儿的心事躲在小小的"绣球"里呢？风来，簌簌抖动，似乎，还真的羞怯起来了，似乎还真的娇嗔起来了，似乎还真的花团锦簇地扭捏起来了。

不禁哑然失笑。

湖边的红梅花儿早已经谢了，只有几片花瓣在树底下暗暗地红着。

柳树儿却忽地碧绿，那么多，那么多，像一排排绿色的风。

最美人间四月天，细雨点洒在花前。每一朵花都在竭尽全力地开放，每一株草都生机勃勃地生长，呼吸着香甜的空气，行走在四月的春光里，仿佛也成了花，成了草。

2.

常在湖边流连。有时会遇见一片片柳絮儿，漫天漫地，毛茸茸，轻飘飘，甚是可爱；有时会遇见一群群圆圆的小蝌蚪，甩着细长的尾巴，搅碎了池塘里的一角天蓝；有时会遇见一只只长尾巴的鸟儿，从这棵树优美地滑翔到那棵树。

还有野猫，一点也不怕人，绿叶红花间悠然踱步。

也有夕阳。一点一点染红半边的天。圆圆的落日像火炉中淬炼过的烙铁，那么红，那么美。

落日一点一点坠下。把山染红了，把湖揉碎了，把柳镀金了，把人迷醉了。如何才能剪裁那西下的夕阳？再好的画家也无法临摹！每分每秒，又悲壮又壮丽，看得人惊心动魄。

柳树烁烁，小舟杳然。夕阳一点点沉没，唯有，湖面的波光，万顷温柔。

3.

带着丫头去湖边放风筝，小小的人儿气喘吁吁地跑着，大大的风筝高高地飞着。

那风筝随风展翅，飞翔的姿势儿，真美。

小丫头满脸红晕，笑着的模样儿，真美！

总是坐在花丛，赏花，更是看人，看我的丫头随风舞动的童年映入蓝天。跑着，跑着，风筝落地了。总会有热心的人过来教丫头怎么放得更高。飞着飞着，风筝挂在樱花树上了。总会有善良的人帮着丫头取下。

远远地看，轻轻地笑。那时风景，如丝如缕，镌刻。

牵着丫头的手散步，从一棵一棵的花树下过，遇见扛相机的人，要帮我们拍照。

"来，这里很美，我给你们两人拍照！"那人是一长者，儒雅的模样，瞄准我和丫头，慈祥地笑。拍好，一看。取景果然很不错。感激一笑，告别！

继续前行，丫头吹着泡泡，迎风而舞。一位阿姨模样的人，不知什么时候举起相机"咔嚓咔嚓"地拍起来。她说："你家的丫头真好看。你看照片里的她是不是很美、很美呢？"

果然，一串泡泡映着夕阳五彩缤纷，丫头的微笑灿烂生动。

"我把相片发给你！"阿姨热心地说。

我在一张小纸条上写下了 QQ 邮箱，慎重地递给她。

"只要这张小纸条没丢，我一定会发给你的！"阿姨一再地保证。

我相信阿姨的话，一如相信年轻时的她，秀美如花。

彼岸花开

杭州的秋天，一年之中最美的时节。

南山路、九溪烟树、曲院风荷，秋天的西湖，哪一处都有彼岸花。它们孤独又倔强，热烈又决绝，或者三五成群，或者顾影自怜。红艳艳的脸庞，淡淡的忧伤，让人情不自禁地赞叹，这里有一朵红红的花，那里也有一朵红红的花，怎么那么好看呢？

彼岸花，初喜欢它，只因这个名。花开彼岸，彼岸花开。绯红若霞，繁茂似伞。鲜红的花瓣微微上翘，像怒号的爪子，如不屈的脊梁；长长的细蕊丛丛伸张，如血鲜艳，似砂斐然。

南山路附近的草地上大片大片的彼岸花绽放，蓬蓬勃勃不像话，那么红，那么红，仿佛是红色的毯子在秋风里铺开，再铺开。

一朵朵，一簇簇，一丛丛……随着秋风的脚步，花儿的数量在递增。越发浩荡，越发深情，越发妖娆惹眼，看着看着，竟看出离别、看出疼痛、看出伤心，似乎倔强在花儿的颜色里霍霍生发，似乎执着在花儿的枝头悄然溢出。花儿用它开放的模样，表达内心的语言。

每每这时，总不愿，立刻离开。只愿，朵朵彼岸花，再多延续一会儿荼靡的花事。

一年又一年的彼岸花在西湖的角落，自开自落，嫣红如锦。我钟情于它，赏了它的热烈竟再也看不上其他的花了。玉兰嫌俗气，杜鹃嫌不够鲜艳，桃花根本没有空灵的绝色。唯有，彼岸花，只念一念这名字，不由人就犯了痴。

彼岸花开，在彼岸，远远地看，静静地望，无法抵达，不能相见。

这样的疼痛，多么像爱情。

相传以前有两个人，他们的名字分别是彼和岸。一个貌美如花，一个英俊潇洒，一见钟情，倾心相恋。然而，他们的爱情违反了天庭的规定。于是，天庭把他们分别变成一株花的叶子和花朵，有花不见叶，叶生不见花，生生世世两相错……

又相传守护忘川河畔彼岸花的是花妖曼珠，叶妖沙华。他们守候了几千年的彼岸花却从来没有见过面，疯狂地思念彼此。一日，他们违背了神的旨意，偷偷见上一面。那一年的彼岸花绿叶碧碧，红花灼灼，分外耀眼美丽。神知道后，他们被打入轮回，并被诅咒生生世世永不相见。

……

花开一千年，花落一千年，花叶永不相见，情为因果，缘定生死。彼岸花开在一个又一个的传说中，它的身上背负了传奇的悲剧色彩。那磨不开，化不掉的相思；那分不开，隔不断的情爱都化为肆意喷薄的红艳，如龙爪微张的花瓣，昂然翘首的花蕊，耿耿挺直的花枝都在申诉，为相思，为守望，为生生世世的抵达。

佛说，花开彼岸本无岸，花叶千年不相见。

佛说，无生无死，无欲无求，生死彼岸难成全。

……

又是一年秋风起，西湖的角角落落彼岸花开，一朵或两朵，是谁的相思不散？

若水河畔，奈何桥边，彼岸花，一路绯红，一路殇。

"彼岸花，此岸心。看见的，熄灭了；消失的，记住了，开到荼蘼花事了。"谁写的句子，如此怆然，那些悲凉如秋天络绎不绝的叶，一枚枚游进心里。

……

悲剧向来最能攫取人心，遗憾永远是最美的版图。因了这传说，因了这诗句，彼岸花越发地迷人。

它开在秋天的风里，一朵又一朵，让人痴望，让人叹息。

秋风来

1.

秋来了，派遣了风。

风在前，风在后，风在发梢，风在裙角。树叶儿飞，噙着风的笑。风的脚印，布满天，布满地，布满天与地的空隙。

一片落叶，一朵微笑。风，是风的微笑。

风的笑，洁净，空旷，明亮，呼——呼，呼——呼，是空中的泉在倾泻，是云中的月在流淌。神清了，气爽了，人平和了。走入风的笑，满身的尘埃，簌簌地落。小名、小利的纷纷扰扰，小恨、小愁的来来往往，都在风里，一一躺倒。

风的笑，扶着篱笆，绕过裙摆。大大的摆，纤纤的腰。转圈，能兜住风，兜住风的笑。

裙子却有些许重，一层，两层，还有第三层。渐渐地，穿着美丽的裙，却失去了自由的行。长长的裙摆拉着你往下拽。肩膀重了，脚步慢了。迎风起舞的美丽，成了套着枷锁的微笑。

裙子的里三层外三层，是否如人之欲望？熙熙攘攘的奔，忙忙碌碌的追，多少名利，披着迷人的光，惘然你的心？想到那只没有脚的鸟，飞在风中，眠在风中，死在风中……

人啊人，是否真的经历过生与死的洗礼，才会懂得，平安与平凡的珍贵？许许多多的时候，许许多多的人，想着车，念着房，揽着权，谋着利。忙忙碌碌的光鲜，是拉紧的弦，是投掷的梭。

到底和以前不一样了。以前愿意为美受罪。踩着高高的鞋，穿着紧紧的衣，不怕脚疼，不怕束缚。只要美丽就好，美丽是别人看得见的虚荣，而疲劳是自己才知道的真实。年轻时，活在别人的看法里，禁锢在别人的赞美中。而心，自己的内心，却用虚名层层掩盖，不闻，也不问。

年岁渐长，渐渐地放弃一些美的原则，比如鞋子，比如衣服。

年岁渐长，渐渐地遵从自己的内心，比如安静，比如独自。

鞋子要平缓，衣裳最好是棉麻。不能勒太紧，不能太累赘。轻便，舒服，是所有穿着的主题。

不讨好，不从众。不去太热闹的地方，不结交陌生的人。在自己的世界里，一本书，一首歌，独自安静。

想到雪小禅写过的野生的树：寂寞，努力，肆意。没有束缚，没有修剪，野气十足，也韧性十足。天与地，日与月，风来摇摆，雨来吞吐。按照自己的意愿长，横着生，斜着长，自在极了，也独自极了。

风在吹，细细地，慢慢地吹。风说，放下，放下一些。

2.

风来，是秋天的风。

干净，透明，爽朗，还有桂花的味道。

桂花的香气络绎抵达，杭城被香气轻轻抬起又不动声色地放回原处。到底哪里不一样？谁也说不出，却分明不一样了。角角落落，上上下下，边边缝缝，香得冒泡泡。只要有风，香就会长了脚地跑。是泡在花香里的酒吗？所有的风被桂花灌醉了，一摇一摆地袭击，一起一伏地流淌。香啊，香，真是要人命的香。

桂花，秋风，阳光，交集融合，四处出击。

秋风笼盖，香气满城。这儿，那儿，秋风与花香，比肩飞翔。

人在桂树下发一会呆，把盏的工夫。衣裳香香，鞋子香香，连起伏的思绪也是香香的。

手指擦过那簇低低矮矮的枝，一不小心碰翻了那满枝满桠的香，犹如打翻了香水瓶子，"哄"的一下，香气四处逃窜，呛得整个操场摇三摇。惊动了的风，东飞西吹，高处的枝，低处的草，香成一气。抬眼望去，天边一轮落日，红如宝石，一点一点陷入，那抹迷人的光晕，也是香香的胭脂红。

"妈妈，风，桂花的风，我要追到她。"我的丫头，伸开双臂，且跳且叫。风中，是她落英缤纷的笑。

那笑，噙着香，四处奔跑，一点一点包围我。

这样的风，这样含着香气的风，饱满、清冽、情意绵绵。

把自己丢在风中，冲刷、浸泡、沉浮。风在飞，风在笑，风在盘桓缠绕。掠过指尖，掠过脸颊，掠过四肢百骸的细枝末节。

3.

香风，秋天的香风。美好，迷人，丰富，像一个个饱读诗书的女子，美好得让人不敢直视。

在新浪里注册了一个微博，写的不多，却关注了一些人。丁立梅、雪小禅、李娟、凌小汐、陆苏、素罗衣……每一个名字，代表一种文字的风格。每一种风格，都是一股不一样的风。所有的风，都含着桂花一样的香，直抵肺腑。我爱，爱这一群以文字怡情的女子。我爱，爱这微博里的只言片语。每一个片段，都是生活里诗意盎然的风。

常在微博里看这些美好的文字，就如被秋天的风轻轻吹过。浅浅淡淡的香，丝丝柔柔的甜，放轻，放轻，再放轻。

风来，又是一阵香气十足的风。深深地吸一口，再吸一口，渗入肺腑。一片一片的桂花开在绿叶中，一群一群的阳光，舞在风中。

真美，这样的时节，这样的风。

麦苗青青，棉菜绿绿

也是这样的时候，田野透着青绿，繁花挤满地头。一大群，一大群的小孩，呼朋引伴，三三两两，挎上小篮子，踩着日头的碎金，在田间，在麦丛，倏尔出现，倏尔淹没。

他们在干吗？低头细看，蹲下慢寻，忽而乍现惊呼，忽而展颜。

是的，他们在寻找一种野菜。那是在清明之时伴着年糕一起混捣的清明草，因全身遍布细细的白绒毛，家乡的人又叫它棉菜。

小小的野菜藏在油菜花里，躲在高高的麦苗丛中，长在紫云烟里。小孩们踩着春的气息，撩过满目的青青麦苗，兴高采烈地寻着。

躲在麦地里的棉菜，因少见了阳光，长得尤其好！它们伸展着纤细的颈子努力向上，向上！细长的梗晶莹透明，细圆的叶鲜嫩饱满。小孩们漾开笑意，小心地掐，慢慢地找，小小的身子没进高高的麦丛，掀起绿浪涟涟。窸窸窣窣间，猛地，从麦地里窜出一声惊呼："哇，好大一棵的棉菜哇！"那叫声透着野性率真，高高的分贝震得麦苗一起一伏，碧波哗然。

三两小孩，寻着野菜，累了，躲在高高的麦苗里玩藏猫猫。悄悄地蹲下身子，小心地挪动着脚，听着"扑通"的心跳，看到满目的麦秆青青，闻到满身的泥土清香，犹如沉入深水里的鱼一般，这感觉只想让人就此沉溺，沉溺在麦浪之下，沉溺在青草怀中。

还在静静地猫藏，只闻一声大喝："找到了，哈哈，快钻出来吧！"一个激灵，高高跃起，犹如跳出海面的鱼，一波一波的麦浪此起彼伏，欢快地延伸而去！"哈哈，你中计啦！自己跳出来！"一小孩，抚额大笑，懊恼的那小孩挥舞着小拳头，在麦丛里急速穿梭。

麦秆摇晃，麦叶纠缠，小孩们淘气的笑声飞上云霄。

他们是在摘棉菜呢，还是在玩游戏？谁知道呢？或许都是，也或许都不是。

有些棉菜长在田埂旁，曝晒在阳光下，颜色偏暗，容易开花。金黄的花，绿豆大小，簇生枝头，紧紧抱一团，闻一闻，淡淡的香，隐隐袭来。

紫云烟的地里，也藏着不少好棉菜。

一田田的紫花，宛然一道凝碧的紫痕，又似笼罩轻薄的紫雾，迷迷蒙蒙间，触着风的电流，倏的一下，花叶漾荡，宛若少女裙摆上松松的褶皱。小孩们，欢呼着投入着紫云烟的花丛里，拨开层层叠叠的枝叶，细细寻找，一拨、一摆、一压，棉菜赫然而现。

藏在紫云英中的棉菜，鲜嫩多汁，肥大高挑。虽有点难寻，但小孩们乐此不疲。累了，就蹭着花香，躺在花丛里打个滚，随手扯过一把盛开的花儿，放在鼻尖轻闻。或，寻个采花的小蜜蜂，猛地摇晃花枝，惊得蜜蜂、蝴蝶纷飞而逃。

时间风一般遁去，天边的云霞织着锦帛，夕阳一寸一寸地沉陷。

棉菜穿上黄衫，麦苗戴上金冠！

娃娃们提着一篮子的棉菜，打打闹闹地回家去了。风吹，鸟儿飞，孩子们的笑声融入黄昏……

栀子肥，粽子香

五月，栀子花儿开，白胖胖的朵儿，漂浮于绿叶间，仿若一个个小月亮。

艾草轻轻悬挂，菖蒲悄悄吐翠，粽叶、糯米、花生、蚕豆，在小满的节气里散布端午的气息。

人们的脸上，拂过夏天晴暖的风，往日里绷紧的眉眼，不知不觉舒展。微笑的朵儿翘在唇间，见着谁，都会乐呵呵地招呼。

家家户户都准备端午，门前香，屋后香，哪怕猫儿狗儿小孩儿打架了，亦有香气扑腾而来。

不恼，且笑。

葡萄的架子下，栀子一朵或两朵，肥肥大大。敞开的院子前，青青的麦子擎着密密的穗。年轻的媳妇们忙忙碌碌，欢欢喜喜。绿绿的棕榈叶水桶里泡着，花生、红枣、蚕豆，脸盆中浸着，大大的簸箕在阳光下晾晒。她们细步盈盈，或低头，或眯眼，对着一捧即将裁剪的彩线比画着。

外婆早早地来到门前的栀子树旁，膝上一条毛巾，双手在一面大大的簸箕上灵活腾挪。浸过黄栀子的糯米，色泽鲜艳，脸盆里冒出尖。浸过泉水的蚕豆、花生、蜜枣颗粒饱满，圆滚滚胖乎乎。密叠叠的苇叶，沾着水，显出青绿的色。一些香气扑面而来，或是糯米或是柚子树的青果果又或是躲在葡萄树下的栀子花。

阳光拉开金丝银线，透过密匝匝的柚叶，斑驳陆离。

外婆的手，跳着阳光的点，取来两张苇叶，平铺，拢成圆锥的形，用勺子往锥形的苇叶里倒糯米，眼见至一半，提手，轻敲，锥尾轻撞簸箕的边缘。笃，笃，笃，提溜提溜，抖索抖索，眼见着三分之二的糯米沉至中间，瓷实，瓷实。外婆的脸上现出微微的笑，用筷子夹了一颗蜜饯放至中心，复又覆上糯米，至锥形的顶部，再抖索瓷实，最后将两边的苇叶折过，覆盖，扯一根彩线，用力地勒。这最后一道勒，有技巧，粽子紧不紧，味道香不香，糯米韧不韧，全看这勒线的技巧。

那时的外婆显然还年轻，她的手劲儿不小，顶部的苇叶被她的左手死死地拽住，不留一丝缝隙，右手拿线，利落地从粽子的中间绕过去，再绕过去，打成结，一头嘴巴咬住，一头用手扯出去，扎得实实的，密密的，才算好。

终于，一个俊俏的粽子从外婆的手中蹦下来，"噗"的一声，跃至簸箕的边缘，滴溜溜滚。包得真好呀！不知谁的赞叹落下来，旁的人纷纷附和。有棱有角的粽子如同一只只屏声静气的鸟，满满一大圈。而，围观的人，越来越多，都是乡里乡亲左邻右舍，也不待招呼，各自帮上。

栀子花旁，年轻的媳妇们暗中较着劲，谁的手儿巧？谁包的粽子俊？时不时有笑声泉水一般涌出来。

馋嘴的娃娃也来了，目不转睛地盯着，巴巴地问何时才下锅。

就快了！等着哈！和蔼的外婆笑眯眯地招呼。

婆姨、媳妇们将包好的粽子剪去多余的苇叶，按照馅儿的种类十个一组，十个一组，编成串。

有人搬柴，有人点火，有人倒水，有人将粽子赶下锅。一忽儿，水蒸气"噗突噗突"闹，灶台云遮雾绕，一些香气顶开锅盖直往人身上扑。

等的人，咽了咽口水，再咽一咽口水，眼珠子不能动，脚儿踮起，简直成了一只被香味捏住"脖子"的鹅。

刚出锅的粽子热腾腾，打开苇叶，有香糯的雾气袅袅升起，对着粽角的尖，狠狠咬一口，好吃，真好吃。密密麻麻的糯米有嚼头，有劲道，一个粽子下肚，管饱。

傍晚，起风。外婆将粽子挂在晾衣竿上，一串，一串，又一串，仿佛铃铛，又似单脚抓竿的鸟。

"明儿，扯几串粽儿送娘舅，送大姨……"外婆的声音没在风里，轻轻一闪，遁去了。

栀子肥，粽子香，一朵月亮在云中慢慢飘……

满目春风，游西湖

1. 灵峰探梅

你说，想来春天的西湖看一看。我说，得赶紧了。此时的西湖，一步一景，草木勃发，还有你喜欢的花，比赛似的开。

先去趟植物园吧，"灵峰探梅"那叫一个好。进大门，过小径，三三两两的梅，依稀可见。密匝匝的花骨朵站枝头，如燃烧的火焰，滚动、热烈、跳跃，让你恨不得把大团的花捧在怀里。我会告诉你，别急，真正的好风景，在后头呢。

拉住你的手，小跑着往前走，你的布裙轻舞飞扬，你的手镯"叮叮当当"。眼前忽得开阔，成片的梅花林，豁然呈现。

春天的梅，赶集似的聚拢，花似海，香如河。前边、后边、左边、右边，一簇簇，一枝枝，一朵朵，枝头搭枝头，花朵挨花朵，香味叠香味，炽烈、欢笑、荡漾……

此刻，你会想到发疯，美到发疯，香到发疯，红到发疯，快乐得要发疯。你想大喊就大喊吧，想大叫就大叫吧，没人会笑你，谁会笑你？此时，每个人都如你一样，止不住地想喊叫。

我认为，这是我见过最好的梅！

你看，一朵梅，历经多少霜雪才能抵达枝头的红？你肯定和我一样惊颤不已。来，轻轻地走，轻轻地看，落英缤纷，缤纷落英，每一朵都有含香的魂。

右前方，拱形的门，弯弯圆圆，三三两两的人从门里进进出出，上头写有三个绿色的字——"品梅苑"，字的旁边，一株斜倚的梅，袅袅婷婷。

进门，一株梅扑面而来，繁花朵朵，凤冠霞帔，头罩红纱巾，身穿红衣裙，脚踏红绣鞋，喜气洋洋，扯着你的心，盛在蜜罐里一般，欢喜朵朵。

天，蓝得耀眼，或红或白的梅，喷涌得泉一般。轻轻弯腰蹲下，对着这梅，对着蓝天，"咔嚓"一声，无论哪个角度，拍出的照片都堪比明信片。

出了梅林，带你走一道隐秘的小门，小门连着"青芝坞"。"青芝坞"挨着浙大校园。这里有许多别有风味的餐厅，物美价廉，随便选一家，临窗，取茶，点菜。

此刻，窗外有梅，映着三两嬉戏的儿童。

我认为这也是景，很美的景。

2. 柳浪闻莺

要看柳，得去"柳浪闻莺"。我的学校在附近，这里的一草一木，熟记于心。甚至于哪棵柳爆出哪一撮芽，哪株桃绽出哪一朵花，我都晓得。

三月中旬，"柳浪闻莺"最美的时刻。循着大门进去，一排排柳，列队、耸肩、舒臂，朝你抛出绿色的眼。世上怎有这么好看的树？又黄又绿、又长又细，嫩得掐出水，拧一把，仿佛可以嚼出甜。

依着柳，猜测此刻的枝条为何轻软如舞女的腰？无数的纤纤细细，起烟、涌雾、扬绿尘……

米粒大的叶睁开蒙蒙的眼，在枝上开出水雾的朵。一帘，又一帘，绿气袅袅，以为要下一场雨，绿色的雨，忍不住地遮住头、遮住脸、遮住肩，却是遮无可遮，一挪身、一抬脚、一舒臂都会撞到绿色的氤氲，一团团，水墨画似的潜伏……

此刻，你成了一张薄薄的纸，身上浮着绿，脚下踏着绿，浅浅淡淡的绿，在你身前身后一点点渗透，一波波起伏，涂抹、淋漓、泼洒。你也成了一株柳，一株吐翠的柳，一定要拍张美照，站在两排的绿柳之间，仰头或是低眉，怎么样都行。镜头中，柳树婀娜，附着柳树的你，笑得一脸甜……

穿过柳，往右走，一条石子铺成的小道，两旁的樱花开得盛，枝条交错，花朵繁密。路的上方搭出白色的棚，从路上过，仿佛道路含着香。落花纷纷，一片又一片指甲大的白，轻盈飘落。止也止不住的细碎蝶儿，落于头，落于脸，落于身。

不敢动，生怕一转身，吓跑了这一场白色的雨。

过石桥，左拐，往前走几步，便到了西湖。

三月的西湖，蓝汪汪的，深蓝暗蓝，起伏荡漾，如一匹吹皱的蓝绸缎。岸上，一株桃，一株柳，桃红柳绿，恰好；桃傍柳，柳依桃，临水而生。桃的枝干，遒劲苍老，黑褐色的枝条爆出雪似的白，火似的红。一串雪白的花骨朵儿，几乎要伸到水面去。那细细的柳丝儿，随微风轻轻拂过，拂过红的花，拂过蓝的水，拂过绿的草……

对，站在那，柳丝在后，桃枝在前，湖水在侧，你成了画中的可人儿。

3. 太子湾

太子湾举着西湖的名片，惊艳整个杭州的春。

二月兰，铺开紫色的毯，郁金香流成彩色的河；高处的玉兰，如指挥战场的将军，它说红，郁金香"唰"地冒出一片红；它说黄，郁金香"哗啦"一下绽出几朵黄。各色各样的郁金香齐整有序，仿若出征的士兵，举着或黄或红的矛，朝着蓝天澎湃呐喊……

你会叹，咋这么多，跟天上的星星似的，数也数不完。当然数不完，一株挨一株，一朵拥一朵，一片连一片，红的围着白的，白的拥着黄的，如波浪，似汪洋，溺在其中，无法言语，无法呼吸……

石桥弯、溪涧流、花朵盛、草坪绿，太子湾的春天，美丽如画，仿若仙境。

4. 浴鹄湾

太阳出，薄雾散，太子湾人渐多。

来，骑上自行车，带你去一处清净的地——杨公堤，杨公堤乃赏花的好场所。

咱先去杨公堤的浴鹄湾，一弯长廊横跨水面，与你的布衣、长裙、绣花鞋很相宜。你望着长廊下的绿水，专注而虔诚，我偷偷地拿出相机定格你的侧颜。

过长廊，走石桥，穿小径，一处草坪，空阔安静。草坪从坡上缓缓斜，大片大片的垂丝海棠，朵朵垂下。走进去，这棵、那棵、这朵、那朵，随你尽情赏。团团的蜜蜂偶尔会撞到你，却不会恼，看它在粉红的海棠丛中嗡嗡飞，春意融融，阳光朗朗。

海棠的前端，一条小径，一泊绿水，那是真正的绿，仿若猫眼，又似翡翠。偶尔，有小舟从绿水之上杳杳而过，拖出一长溜娓娓的纹。

阳光暖暖地铺下来，累了，不妨歇一歇。选一棵枝繁叶密的海棠树，躺在草坪上，眯着眼，一朵朵粉色的花灯笼似的悬在上方，一群群忙碌的蜜蜂嗡嗡地舞……

花香、草香、泥土的香，直扑鼻息，沁入心扉，此刻，你在春天的浴鹄湾，浅浅地眠……

走出浴鹄湾，咱去乌龟潭，那里有一大片粉色的晚樱等着赏。

晚樱漫漫，云蒸霞蔚。左边的，伸出花枝，右边的，探出花枝，一根花枝、两根花枝、三根花枝……盘枝交错，弯着穹庐似的弧，在小路的上方搭起一座粉红的桥。

花重瓣，粉轻盈。整条小径，晚樱的道，枝丫纷纷，花团簇簇，人在其中，被花推着走，一波又一波的花，淹没着你，簇拥着你，恍若走进樱之国度，此刻，你想象自己变成一朵花别在枝头，或者变成一只蝶儿翻舞枝间……

5. 吴山天风

中饭，我想带你去西湖银泰的新白鹿。

杭州的餐厅多，绿茶、外婆家、花中城都顶有名，但我最喜欢新白鹿，这家的菜，价格便宜，味道鲜美。西湖纯菜汤、土豆笑脸饼、酒酿馒头、干锅花菜、酸菜鱼……想吃什么就点什么，一百多元，足够咱俩朵颐一顿。

吃完饭，逛一逛商场，银泰二楼的服饰，质地好，样式新，棉麻的春衫，或白或蓝，惹眼得很。

出银泰，步行五分钟，咱就去吴山广场。这儿有一个景，新西湖十景之——吴山天风。吴山不高，景秀、石奇、洞美，山顶有城隍阁，喝茶赏落日美，挺不错。

山下是广场，人头攒动，滑轮车的小孩、跳广场舞的老人、亲昵的情侣、放风筝的爱好者，各色各样的人，川流如织。他们的脸上带着笑，一团高兴。天上各色的风筝，摇头摆尾，映着蓝蓝的天，游鱼一般，想怎么游就怎么游。即便人拉着线，高空上的风筝也能找到它翱翔的自由。

我想指给你看，那边有母子三人。

母亲，九十八，左边的大儿子七十多，右边的小儿子六十多。他们三人坐在广场的石凳上，一脸和暖。大儿子拿出梳子替老母亲细细梳着头，木质的梳，稀疏的白，一下一下顺出来，一头白发顺得整整齐齐、烁烁发亮。老母亲笑得幸福……

三四年了，两个儿子，一个妈。这样的情形，雷打不动。两个儿子天天搀扶着老母亲来广场散步，陪着她说话。

我以为这是吴山最美的景，相信你看了也会动容。

春天，已过半；四月，未开始。林徽因说"最美人间四月天"，你若来，得赶紧了。

……

家有兰草，入室成芳

搬新家的时候，朋友送了一盆兰草。

我向来喜欢花，但不善养花。收到兰草的那天就暗暗担心，担心会因为我的粗心，让兰草枯萎。

这盆兰草真好看，郁郁葱葱的叶片纵横交错，亭亭秀气。片片绿叶繁茂地扑入家人的眼中，似一剂清凉的水，滋润着浮躁的心，慰藉着酸涩的眼。

时间久了，家人也习惯了，渐渐淡忘它。小小的兰草，谁会注意？谁去照料？如同家里角落里的摆设，无人问津。

隔了很长的一段时间，一株花蕾从葱茏的绿叶中冒出长长的枝，枝上缀满含苞的蕾，另一支依偎而生，两支花蕾，泛着淡淡的粉红，裹着即将绽放的喜悦，静静等待。

彼时，窗外冷风嗖嗖怒号，寒流嘶嘶流泻，客厅的温度也是极低的。就在这隆冬严寒中，一朵，两朵，三四朵，兰花争相绽放，朵朵含笑，像一串美丽的铃铛，开满枝头。淡淡的色，朴素的形，依着绿叶，散发幽香。尖尖的小花瓣，五片围成小半圆，深色点缀的一小片花瓣托住长长的蕊。说不上有多娇艳，却显得素雅馨香。

家有兰草，馨香满屋。淡淡的香味浅浅行走，伏在墙壁，绕到茶几，飘到餐桌，似乎连家里的人都散着不留痕迹的兰香。凑到前端，轻吻花心，香味沁人心脾，直入肺腑，在鼻翼打转，在脸颊萦绕，幽香满怀，心旷神怡。

以为花会很快地谢了。可是，一天，两天，十天，二十天，一个月，一个半月，花儿依然姿色不改，淡雅端庄，默默绽放，如一位秀丽的大家闺秀，浅笑盈盈，尽显雅致。

和兰花同时来到我家的一盆水仙，早已叶片发黄，东倒西歪；两大盆枇杷叶也已经叶落根萎，连最好养的仙人球因我的粗糙也开始露出腐败的枯黄。唯有这盆兰花，悄无声息间，默默无闻时，抵御了无人照顾的贫乏，克服着低温袭来的冷峭，苍翠浓郁，花开朵朵。

与花相触，与叶相抚，敬佩之情油然而生。

第一次，因为一盆花，而感到敬畏。那是对生命的尊重，为它的顽强不息，为它的花开不败，为它的不畏严寒，为它的随遇而安……

风动，桂花香

1. 闻香

听同事说，校园的桂花开了。这个消息很美，秋天的脸庞一般。爱花的人，总在每场的花开里掀起内心的喜悦。

教室与桂花相邻，一排排桂树挨着墙密密长，低头往下望，枝丫纷纷，叶片葱葱，并不见花开。却有细细的香味飘来，纷纷扬扬、上下飞舞。我想，花儿定是开了，叶片下，枝丫间，一朵，或是两朵，金黄的小脸庞，细细密密地闪，星子一般。

从第一缕花香开始，杭城下起了香雨，"雨"由小渐大，直至汹涌，直至澎湃。它们在大街小巷肆无忌惮地奔跑，仿若顽童。一低头，一开门，一转身，都会撞到香，满怀、满袖、满脸都是它，甚而整条街，整条路都是它，流动的、凝固的、飞舞的，各种姿势的香，悬浮、低飞、旋转……只能轻轻走，生怕一不小心，惊醒睡着的香。

晨，起。香气推门入室，毫不客气，端茶、摆凳、铺被、倒水，到哪儿哪香。有片刻愣住。为这隆重的礼遇，为这虔诚的问候。与桂，不曾相遇，它却派遣满席的香拥抱我。香有形，起伏似远山；亦有语，甜蜜如誓言；还有味，恬淡如清酒。

晨光，朝霞，清风，满城桂花香，成群，如浩荡的浪，向着城，飞奔而来。

桂花，不用出场，只派出满席的香，足以陶醉人。

想起隔屏相望的文友，他们饮茶、听歌、写字、旅游，日子风吹云动，书香漫漫，即便不识，亦是闻到香，灵魂里凛冽的香。让人欢喜，情不自禁。

2. 识香

那个傍晚，我一身落魄。

金色的夕阳熔铸成鲜红的烙铁，醒目的圆，鲜艳的红，在寂寥的空中，格外大。它在空中一寸一寸沦陷，无奈且蹉跎。

路边拦车，一边看夕阳，一边等车子。整整一小时，还在原地张望。

一转身，发现人行道边桂花一排排。

树叶儿绿，汪汪碧亮；桂花儿黄，烁烁金色。一棵棵，一排排，那么近，那么近，在眼前，在咫尺。为自己的疏忽而懊恼。原来，它已经来到我身边。

夕阳的柔光衬着花儿格外美。一簇簇，一团团，拥抱，怒放。蓬松，像小球。金灿灿，如光芒。绿叶间，枝头上，轻轻盈盈，细细微微。

　　小小的花儿，密密麻麻，金色的小拳头，摊开了手，拆开千万朵，细碎的美，露了眼睛，露了睫毛。一朵挨一朵，一簇恋一簇，或歪，或斜，或依，团团的花，蓬松如米糕，让人不禁想尝一尝。这朵，那朵，朵朵相似，瓣瓣相近。浅浅淡淡，简简单单，寻常，朴素。

　　偏偏寻常之中孕育万千香，香飘十里，一场奢华的盛宴。

　　原来，只要努力，卑微的细小也能夺人心神。

　　谨记这个下午，桂花儿开。平凡的美丽，穿透世事的尘埃，如曲，如歌，赶走驿路的落寞。

3. 窃香

　　那个下午，下着细雨。雨丝绵密悠长，冰凉的思绪一般，纷纷扰扰，络绎不绝。

　　我在雨中，没有带伞。以头，以脸，以扬起的手臂迎接纷纷点点。秋意凉，在身，还在心。

　　它站在小区的绿化带里，水雾蒙蒙地望着我。细细密密的雨珠，挂满细细密密的花。一颗，一颗，又一颗。晶莹、闪烁、匍匐、流动，是镶满钻石的皇冠？"欲戴皇冠必承其重"，是这样吗？小小的黄花，硕大的雨珠，带泪的微笑。

　　花朵湿漉漉，我也湿漉漉。

　　握着手心的雨珠儿，握着缕缕幽香，深深吸一口，再吸一口，想把这场邂逅印入心壁，刻骨铭心。只是，它雨中的模样，如此忧伤，如此爱怜。有个声音不停地叫着：带一枝回去，带一枝回去。

第一次，以爱之名，伸出了攀折的手。

花枝折断，枝上的雨珠儿簌簌下，揽花入怀，小跑着逃。心儿怦怦跳，脸颊微微红，像一个恋爱中的人，小心翼翼搂着它，不停问自己：该如何爱它，该如何爱它呢？

洗净瓶子，放满水。

一枝独秀，满室香。

那么多的桂，在眼前，手脚都不知如何放，凑近它，脸庞挨着，鼻尖儿埋着，一次一次又一次，弄花香满衣，想：即使死，亦微笑。

凋零。猝不及防。

只一个晚上，枝头光秃秃。香犹在，花却落。

一地花瓣，一地伤。

爱太满，终成伤。至此，不再折花。终是懂得，有些爱，适合远远看，远远看。

与花为友

从小，对花便有一种说不清道不明的情愫。

第一次，爷爷握着我的手教我画的图案便是一朵十字形的小花。尖圆狭长的花瓣，两片稍长，两片稍短，簇拥花蕊，偎依靠拢，花韵盈盈。

第一次，虏获我目光的便是那一朵朵随处可见的细小野花。

清清小溪，岸上小屋，屋后瓦砾石子，野花小草点缀其间。乱石中，一株极其寻常，卑微的野花从石砾空隙巍巍探出。饱满厚实的叶片，蓄满汁液，盈盈绿意。纤细柔韧的花茎穿过参差的叶片昂然挺立，慎重地托住细圆的花蕾。当醉醺醺的夕阳跌落蓝天的怀抱，当傍晚的清风吹皱飞云小溪。小小的花蕾映着漫天晚霞，含笑绽放。

五岁的我，总能撷取花儿的第一朵微笑。每个傍晚，如约而至，静静地等待，细细地欣赏，一花一人，浑然忘我。清丽淡雅的花形摄住了我的眼；娇艳鲜艳的花色，迷住了我的心。

花儿的颜色极其美丽，说是粉红吧，又不尽然，比粉红少一点苍白的浅薄，多一份深沉的底蕴；说是紫色吧，又不完全是，比紫色少了一些压抑的厚重，多了一丝明朗的亮丽。远远望去，郁郁葱葱的绿叶，星星点点的小花，映衬着贫瘠的石块瓦砾，分外美丽！

美丽的约会由于一个调皮小男孩的破坏而终止。生机盎然的小花因竹枝的抽打，垂下了高昂的花茎，碧绿的枝叶因石块的丢砸，而伤痕累累。当我目睹原本的生机盎然变成了满目的枝折花落，第一次深刻地黯然神伤……

稍大，跟着小伙伴跑到田野的怀里嬉戏玩耍，爬到大山的身上追逐玩笑。多姿多彩、绚丽斑斓的花儿相继跃入视野。更深地领悟，花儿之于我的亲密，它总能在第一时间攫取我的视线，让我深深迷恋，慢慢沉浸，静静品味……

金灿灿的油菜花，一大片，一大片，艳得晃人的眼，亮得夺人的心，炫得迷人的神。跑到花丛，小小的身影淹没其中。浩浩荡荡的花儿变成金色的海洋，向你逼近，把你包围，密密层层，挨挨挤挤，随手可触，随眼可及，随心可采。轻轻一碰，随意一跑，花瓣儿悠悠飘落，洒落一地的金黄。

满地的紫云英，争奇斗艳。春寒料峭，它们争先恐后地摇曳生姿。远远望之，绿茵茵的田地上细细笼罩如轻烟般迷蒙的紫色烟雾。绿叶紫花，热闹拥挤，风姿绰约。犹如欢快的小鸟寻找到快乐的家园，我总是迫不及待地扑入田地，与花儿亲密接触。捧在手心，慢慢赏之，只见一朵花瓣便有一簇花蕊，花瓣弯曲上翘，外紫里白，密密旋排，簇拥成一个啤酒盖般大小的花形……

山上、田埂、小路、草丛，藏匿着许许多多不知名的野花，有的如紫色的小喇叭，有的如金黄的小太阳，有的似含羞的小铃铛……路过

　　的我，总会因此而驻足，细细观赏，忘记天地光阴，忘记来时路……

　　长大后的我，从图片、电视、各种各样的风景点，鉴赏了更多的花儿。雍容华贵的牡丹，清新淡雅的百合，热烈潇洒的海棠，欣然怒放的芙蓉，清丽绝俗的昙花……惊叹于花儿的品类繁多，沉浸于花儿的千娇百媚，心醉神迷，心旌摇荡。

　　我愈发地喜欢花，它是我前世的宿缘，总能牵引我的目光。每次游玩，只要看到花，我就挪不动脚，喝醉了酒一般，手舞足蹈；每年春天，总要跑到山上采撷一怀的山花烂漫；每次烦心，总会找个安静的地方赏花去，一花一人相看两不厌……

　　我与花为友，赏花为乐，那份深沉的眷恋，刻骨铭心。以至于，点缀花儿的项链，必能得我青睐，嵌着花朵的围巾，总能优先选之，刻着花蕾的手镯，总使我心动……每天，总能在我的身上，找到花儿的痕迹，或躲在包包的斜上角悠悠含笑，或隐在镶钻的发卡上闪闪发亮，或躺在飞扬的裙角边轻轻旋转，或绣在上衣的领子明媚开放……

　　"如何让你遇见我，在我最美丽的时刻……阳光下，我慎重地开满花，朵朵都是我前世的期盼……"席慕蓉的《一棵开花的树》，让我辗转千回，低吟浅唱；"接天莲叶无穷碧，映日荷花别样红"，杨万里的《晓出净兹寺送林子方》，让我浮想联翩，如临其境；"黄四娘家花满蹊，千朵万朵压枝低"，杜甫的《江畔独步寻花》，让我感受繁花满目，春光旖旎……

　　花儿的时光大多是短暂的，跋涉一季的努力，只为那几日匆匆的绚丽。当风儿轻抚它们的时候，常会有零落的花瓣，即使是黯然的告别，也演绎着飘逸的轻灵，它们含笑投入泥土的怀抱，为下一季的华美，添加肥沃。

常常望花出神，思及自身。人生如花，花如人生，短短数载，我该如何从岁月的流沙里镌写华美的芬芳？

但愿自己如一朵淡雅的小花，努力地积累，认真地开放，向着太阳，迎着清风，淡然而立……

第四辑

不负光阴不负卿

这些年，一个人在遥远的城市，想念母亲烧的菜，想念母亲说的话，想念母亲晒的被。世间的诱惑有多少？年岁越长，越往烟火处走。心中所念，不过是家常的欢乐罢了。

把每一寸光阴过成良辰美景

　　他在阳台叮叮当当地忙碌，木板、钉子、锤子与榔头，一些声音在狭窄的空间跳跃回荡。侧目望去，他弯腰躬身的样子，满含深意，像一弯蓄满柔光的月。

　　我懒散，喜自在，喜无所事事。他包容我的不谙世事、不善厨艺、不善整理、不切实际，以及偶尔的突兀凌厉。

　　这样的日子，完满的日子，安好的气息密密麻麻、层层叠叠，一个自由的休息日，一件朴素的棉麻衫，一地洁白明亮的阳光。我在密布的吉祥里，阅读光阴：千只蝴蝶，涉水而来；万朵芙蓉，开在云端。

　　依然喜欢收集，可爱的植物、温暖的文字、饱满的细节、纯净的音乐，一一聚拢。坐在安宁的画面里，双掌合十，将熙熙攘攘的尘来尘往，敛翅息声，想象终南山的那拢菊，开在门前，纷纷披披。

　　灿灿迷恋《简·爱》，翻来覆去，看了又看，她说里面的一些语言真是太好了。

　　"假如刮一阵风或滴几滴雨就阻止我去做这些轻而易举的事情，这样的懒惰还能为我给自己规划的未来作什么准备呢？"

　　她挨着我，把书中的话语递给我。我看到一些哲理跃过文字，在灿灿的眼睛里诵读。那本摊开的书，在窗台挨着春风次第翻开，一些倔强的美德在文字的经脉里汩汩流淌。

阳台的架子，在他的手中逐渐成形，一格一格又一格，长长的，窄窄的，宽厚的木板有纹理微微凸起，阳光落在架子上，泉水一般流下。他退后三步，再往前三步，仔细地看了看，用轻不可闻的声音告诉我这是个花架子，可以摆小盆栽。

窗外的玉兰还在执着地开，他的眼睛倒影洁白的光，风的微澜里，鸽子呼啦展翅。

那些沉默的、执着的、微小的情意，在日升日落的光芒里编织着繁花满枝的未来。

书架、书桌、花架。小小的陋室，他躬耕如农人，孜孜不倦地衔泥筑巢，为我的书，我的花草劈出供养的场地。

一些甜蜜的气息和厨房里煲滚的香味一样，自由踱步。年少，总记恨他不懂我。我看花，他说有什么好看的；我游古镇，他说和老家的乡下一样；我写字，他更不喜，说费时又费神……

一个南辕，一个北辙。

日光长长，岁月深深。一些不同，依然不同，却有枯萎中萌发的绿，在日子的两端历久弥新。握手言和，将这琐碎的好，缠成丝丝绕绕的线，捏针、穿线、绣出朵朵微小的花。

相处久了的人，成了血脉里的亲情。烟火寻常里，买菜、买裳、烹饪、打扫、种植，把每一寸光阴过成良辰美景。

灿灿捧着两盆刚买的多肉，放置在花架。小小的，绿绿的，乖乖的，我仿佛听到娉婷在生发，潮汐一般的月光在花架之上潮起又潮落。

他从阳台转到厨房，拿着菜刀叮叮当当，砰砰有声。

鸭子、小笋、枸杞、当归、香菇，红的、白的、黄的，沸腾的水花将日常的静好丝丝煨煲，一股又一股的香气轻手轻脚跑到我新写的文字上。

傍晚，将火拧小，一朵花似的，任由屡屡细烟的白雾，自由升腾。

太阳悬在西边，将落未落，像一滴满含喜悦的泪，这个时候，去西湖，走一走。

灿灿挨在我身边，忽然发现，她高至我的眉眼处了。她的发，浓密闪亮；她的步伐，敏捷似鹿，看着她，仿佛农人望着庄稼，又幸福又心酸，有丰收的喜悦，玉珠滚盘。

她喜欢与我说话，将她的所见，一一诉说。我沉迷在这样的氛围里，散步、倾诉、信任、亲密、依恋，柳荫的小道上，同步的回响，互相爱慕。

吉祥与如意在万千的夕阳里柔和交织，金色的光点在她小小的身影上斑驳陆离。还有多少这样的日子，亲密无间？

她会越长越大，我会越来越老。

总有一天，外面的万紫千红吸引着她，她将任意蓬勃、骄傲、欢笑，恣意在一个叫作青春的世界里。

那时，你还会对妈妈好吗？我忽然呆呆地问。

我永远、永远和妈妈好！她的神情笃定、不容置疑。

我听到溪流的声音，清脆叮咚，无尘无埃。我看到深情在层层叠叠、层层叠叠地生长。

夕阳如糖，融入湖心，锈迹斑斑的水，涌动甜蜜的波。

回家，开门，吃饭。

日子重复，生活重复，柴米油盐重复。重复是幸福。

左边是他，右边是她，此时此刻，安宁、静好、甜美。对万事万物怀有感恩、敬畏，与生活耳鬓厮磨，生出相濡以沫的情意。

晚，落雨。

一帘的雨声悬挂窗外。

抱着靠枕，手边有四五本书，触手可及。一本，一本，交错地看，也有趣。

他忙他的，我忙我的。

偶尔，有水果、有零食送到手边。也不道谢，只管吃，吃光了，他才高兴。

雨声渐密，夜色渐浓。

我呓语地念叨，有空，去乡野走走。

他说，好。

梦中，五月时光，隆重起身，榴花在枝头红艳如火，麦子在田野，飒飒有声。

小院时光

一年一次，春节回家。

蓝蓝的天，对着你笑，无边无际，摊开的大海一般。低头，端椅，后院里坐。阳光暖暖地铺，风儿轻轻地吹。春天穿着浅浅的绿罗衣，又端庄又秀丽。

提个小篮子，装几个粘满土疙瘩的荸荠，阳光里泡。左手捏荸荠，右手握刨子，"滋啦"一声，紫色的皮从刨子的上方蜷曲着跑出来。雪白的荸荠肉，水嫩嫩，饱满。削一个，叠一个，沿着碗沿，排排放。

蜂儿飞，对着那朵茶花，嘤嘤歌唱。眯眼，微笑，对着荸荠，"咯嘣"一声咬。甜美的汁液在口腔里脆生生地撞，甜丝丝的水，抵达肺腑。

生活有什么好留恋的？大抵便是这些琐碎的小美好。

二楼的厨房飘来饭菜的香。我的母亲，一个六旬有余的老人，左手捏勺，右手执筷，将红的萝卜、白的豆腐、肥的猪肉，香气四溢地烹饪。凡尘烟火，一菜一蔬俱生动，看不见的香，裹着油，融着盐，拉着酒，蓄着草木体内的味，纷纷叠叠、浩浩荡荡。一波，又一波，绵绵不绝，如雨，似泉，朝着你的头、你的脸、你的身，不由分说地笼下来。没有办法了，真的没有办法了，简直无法动弹了，只能大口大口地呼吸，将那些香，深深地存储。

这些年，一个人在遥远的城市，想念母亲烧的菜，想念母亲说的话，想念母亲晒的被。世间的诱惑有多少？年岁越长，越往烟火处走。心中所念，不过是家常的欢乐罢了。

年轻时，好鲜衣，好名利，好赞美。年岁渐长，心气儿一点点地往回收。现在的我，只好寻寻常常的静好。

感谢上帝，岁月并没有过多"剥盘"我的母亲。她依然安康，还能将大把的爱捧在手心，供我们兄妹几个取暖。她脸色红润，笑声爽朗，步伐敏捷，把小山一样的案头剁得震天响，把果蔬鱼肉满满当当地排兵点将，把色香味俱全的菜肴一盘又一盘摆满。

每每看着我们吃得稀里哗啦，厨房里的母亲还能高兴地唱歌。还有什么比这更动听的呢？再也没有了，这是我听过最美的歌。

而后院里，小叔叔刚从田里归来，一怀的青菜，簌簌抖动。他朝我笑眯眯地走来，那些怀里的绿，几乎就要满溢而下。

"来，将这些青菜挑一挑。中午烧起来吃。"叔叔瘦瘦的脸庞笑得皱纹弯弯。

接过青菜，细细挑拣。自家种的菜，嫩得能掐出水来，一股股清香在手中扑腾。

小婶在后院架起大锅，嘹亮的嗓音跳过阳光，欢快地送来："水已经开啦！快把菜儿丢到大锅里来。"

抱着青菜，一把扔进去。

红的柴火，绿的青菜。迷蒙的水汽中，一大锅的青菜，软了、小了、瘪了，大勺一压，再一捞，就成了晶莹的青绿色。

哥哥不知啥时从屋角找出一个帐篷，搭在了后院。撑开的红帐篷，轻盈如云，又仿佛一朵丰腴的大蘑菇。太阳升高了，大把、大把的光芒倾泻而来，侄子、侄女在院子里奔来跑去，他们踩碎一地的光，变成金色的小娃娃。热了，脱去厚衣裳，换上薄薄的单衣了，脸上两坨红晕，擦了胭脂一般。

一只鸭子，雪白的毛，金黄的掌，大摇大摆，引得孩子们嬉戏追逐。满院子的欢颜，遍地都是。

隔壁的叔叔、伯伯们听到笑声，一个个牵引而来，挨着矮凳，倚着墙头，排排坐。这样的情景，仿佛多年前。

这些远亲，往日并无联系。也就过年这两天碰面。男人们聊国事，女人们聊家事。满院子的乡音，音乐一般飘满。这家的媳妇儿如何，那家的儿子怎样？美国的总统、中国的主席、加拿大的总理，在话题中一一出场，又一一遁去。说累了，随手拎起脚边一大捆的甘蔗，削皮、切段、大口啃咬。甜滋滋的水，嘴里含着，空气里弥漫着，话语里飞扬着。

"呀，这里又开了一朵茶花。"

姐姐扒开墙角的茶花，一朵大红的花，绽开层层叠叠的瓣，赫然出现。

她的声音，彩虹一般。

如此小院，如此时光，让人欢喜，让人不舍。

春天不会辜负每一朵努力的花

兰花是一个男孩带来的。并不见花，几条细细长长的叶，稀疏、暗淡、干瘪，再加上底部粗陋暗哑的大花盆，同学们都笑了。

委实不讨喜，随手一指，说，搁地下吧。地下，教室最偏僻的一个角落，摆着水桶、扫把、垃圾桶。兰花细细的叶片蜷缩着，笼在黑乎乎的暗影里。

轻了，小了，越发不好看了。

谁会注意那盆角落里的植物？沾着灰，落着尘，灰扑扑的。忘了浇水，忘了施肥，忘了角落里还有一盆兰花。

二月、三月，草长莺飞，桃红柳绿。整整两个月，似乎什么都没变化。

那天，教室里踱步，一低头，看到了它。那盆默默无闻的兰花，竟然抽出新叶，冒出了花蕾，亭亭玉立。

天哪！怎么可能？

所有的人都瞪大了眼，低下了头。

原来，春天不会辜负每一朵努力的花。坚硬的泥土下，有一种力量，让人敬畏。

莫名地，想起那家深巷里的理发店。

理发店，简陋，狭窄，破旧，并不算正式的店铺，仅仅利用一个车库改造而成，没有醒目的招牌，没有诗意的店名，"温州理发店"几个字，潦草地悬在门口。

人却多，九点未到，已经有人在排队。

九点半，店主一阵风似的来了。那是一个来自温州的普通妇人，又高又瘦，脸上一团笑，和煦又可亲。顾客们有条不紊，拿着书本、盯着报纸，慢悠悠地等待。

一分钟不停留，她投入到忙碌中，一双手，在剪刀、梳子、卷发棒之间灵活地置换。烫、染、吹，各色的头发中卷、拉、夹，变魔术似的，一个个漂亮的发型，出现在镜子里。

有好几拨人，一等就是好几个小时，却不急躁，坐着，慢慢地等，心甘情愿地等着。

问，你这儿，每天都有这么多人，等着做头发吗？

她笑盈盈地答："是呀，每天这么多。有的从滨江赶来，有的从下沙赶来，还有从余杭赶来的呢。"她徐徐地说着话，手上的动作并不见慢，一些碎发从剪子里纷纷扬扬。

"有个老顾客，每次从滨江坐车来。她说除非老得再也走不动了，否则，一定要到我这烫头发的。"她说这话的时候，正将一位赶着喝喜酒的老顾客让到座位上。那顾客念念叨叨，说头发睡了一夜，压坏了。她利落地拿着梳子，捏着吹风机，只几分钟，妥帖又精神。

顾客笑了，她也笑了，笑得神采奕奕。

忽然敬佩起这个来自温州的女人，她在遥远的杭州安身立命，小小铺子，美名远播。这"美名"经过多少光阴的熬煮，才有今日的络绎不绝？

春天不会忘记每一个执着的人。它必定会去寻找冰层下的涌动、黑暗中的跋涉、沉默中的生发。

那几年，在小镇生活，每个傍晚，我都要等一位老大爷卖的葱花大饼。小小板车，深巷里穿梭，车后跟着一串人。两面橙黄的饼在油锅里"滋滋"冒着香，那香，彻头彻尾，渗入人的魂。

总要等，却等得欢天喜地。

好不容易买得，一口下去，嫩的白菜、鲜的猪肉、绿的葱花，在舌尖缠绕，整个人笼罩在大饼的香味里，幸福得飘飘然。

一个饼，两块钱。

队伍，长，长，长。

卖饼的老头又骄傲又得意，他身后的蔷薇花，开得撑不住，瀑布一般垂落。

做好一件事，就一件，持久、努力、热烈，贫瘠的泥土也能开出姹紫嫣红。

路边的馄饨摊，总有一家，特别符合你的味蕾，即便绕了老远的路，也只去那一家。

陋巷里修改衣裳的店铺，总有一个裁缝，特别晓得你的尺寸，随意一拆、一剪，精准又合身。

草药飘香的药铺，总有一位，仙风道骨，他的药，小小一帖，小病小灾，药到病除。

……

总会记住这些琐碎的好，如和风，似细雨，将生活的皱褶一点点抚慰。他们是春天里每一朵努力的花，在陋巷，在桥头，在拐角之间，摇曳、芬芳、细碎、温暖……

一根藤上的瓜

在方前村，提起苏家，无人不知，无人不晓。苏家有子女八人，子女又生子女，葡萄架一般蓬开，繁衍至几十人。几十人的大家族，个个诚实善良，勤劳节俭。乡里乡亲啧啧称奇，交口称赞。

一朵小小的玉兰花，有轻轻的香。苏家的人，仿佛门前的玉兰花，每一朵都相似，不仅音容笑貌像，为人处事像，内心的真诚与善良，也像。这若有若无的"像"仿佛是一股隐隐的风，又独特又清冽，藏在每一个苏家人的言行举止里，以至于，远远地看到或听到，就能辨识，哦，那是苏家的人。

苏家老爷子，"德"字辈，名——苏德川。老爷子一辈子讲究一个"德"，他的口头禅，做人要讲道德。

年轻的时候，老爷子身体不好，常吐血，一接，一脸盆。邻居们看不过去了，背着他去温州市看病。医院紧邻水果市场，住院的老爷子抽空去市场捡烂甜瓜。

病好，回家。苏老爷剖出烂甜瓜，选出里面的籽，种在院子里。

几个月后，一条藤上挂满瓜。那样的年月，一个瓜，馋了多少路过的人。老爷子一个也舍不得吃，将瓜儿好生伺候，到了丰收时节，一个个摘了，放在箩筐里。

苏家的八个孩子，四个儿子，四个女儿，正是长身体的时节。各个瞪着甜瓜，咽了咽口水，一声也不吭。

老爷子说，孩子们，在你们父亲最艰难的时候，是邻居们帮助了我们。这一季的甜瓜，该给他们送去。人啊，要记情，有能力了，要报恩。

八个孩子，齐点头。一人拿着一个瓜，给邻居们送去。

风雨飘摇的年代，不管遭遇什么，苏老爷子总是告诉子女：做正直的人，做有学问的好人。

日子再难，苏老爷子也坚持让八个孩子去上学。孩子们呢？刻苦努力，白天上学，傍晚放羊，各个成绩优异。

二十世纪八十年代初，八个孩子中，有七个成了大学生，捧上了国家的铁饭碗。那个年代的"铁饭碗"，沉甸甸！

苏家在小小的村庄，声名鹊起。

八个孩子中，唯大女儿没读大学。

没有铁饭碗，没有大学，苏家大姑娘依然是优秀的。她勤劳善良，宽容友爱，顽强坚韧。在遭遇中年丧夫的厄运之后，一人抚养三个娃。一个流动的店铺，成了大姑娘维持生计的来源。生活穷困，孩子尚小，苏家的大姑娘做生意，不争不抢，不欺不瞒。顾客喜欢她，同行喜欢她，左邻右舍更是喜欢她。在她的影响下，三个幼年丧父的孩子，异常努力，格外懂事。二十世纪九十年代初，大姑娘的两个女儿成了人民教师，一个儿子成了办厂的小老板。

常常地，苏家大姑娘带着三个成年的孩子回村庄，给村子里孤苦老人送钱，送衣物。

老人们说，你人真好，苏淑清。

是的，苏淑清，苏家大姑娘的名。

淑——善、美；清——纯、澈，苏家大姑娘，人如其名。

苏淑清的小女儿，苏家最小的外孙女儿，在杭州教书。

她是苏家放飞的风筝，离小小的村庄，远之又远。

每年学期结束，苏家老爷子电话里问："外孙女，今年你的学生伢儿考得好不？"

她乖乖地答："好！"

"哈哈哈，不愧是我苏家的人。"电话里，九十三岁的老爷子洪亮的笑声，明媚似阳。

这个乐观长寿的苏家老爷子，是我的外公。

苏家大姑娘，是我的母亲。

我呢？就是那个苏家最小的外孙女儿。

一根藤上，瓜连瓜。不管这藤，蔓延得多长，瓜儿长得有多密，与地底下的根在一起，一直，一直在一起。

常常地，我在路上走。陌生的人盯着我看，看了一会儿，就笑，说，你是方前村苏家的人吧。

那时年幼，觉得不可思议，第一次见面，如何猜得出？

她再笑，说，就是像，眼睛像，鼻子像，举止也像，说不出的像。

现在，我懂得了，这说不出的像，是外公、母亲传承下来的家风，在我眉眼，在我举止，在我气质之间……

红酥手，黄滕酒

1.

这是我第二次踏上绍兴的土地。触摸着微冷的空气，踩着洁净的道路，鲁迅故居赫然映入眼帘。可我今天想说的，不是这里，而是离鲁迅故居几尺之遥的沈园。

在旅游车上的时候，一位同事问导游："这次去不去沈园？"导游不屑地回答："那里有什么好玩的，两首词而已，门票又贵……"

导游不懂，她怎能理解那园子里深藏的美丽，那浸染了爱情的园子经历了几百年的风雨之后弥散的忧伤，蕴藏的文化，在亭台水榭里折射出的奇光异彩。只要懂诗词，只要懂爱情的人都愿在这里将自己的心放飞，去闻一闻那花草，去看一看那桥水，去听一听那越剧韵咏。

沈园的魅力，早不局限于它的满城春色宫墙柳的风光旖旎，而在于伤心桥下春波绿，曾是惊鸿照影来的涩涩忧伤。因为爱情，因为陆游，因为《钗头凤》，沈园不是沈园，它因爱情而赋予生命，它因陆游而增添底蕴。

2.

避开导游，独自一人来到沈园。没有如织的游人，没有繁杂的吵闹。它静静地出现在你的眼前。浑然的古色，淡淡的寂寥，还有丝丝的忧伤把你的心，把你的魂拉到宋朝的亭台水榭里。

古迹区中的诗境园，草木葱茏，即使在寒冬依然苍翠碧绿。绿意浓浓中，一块块怪石高高匍匐。其中，有一块高高的奇石，衬着翠色，偎着绿树，雕着"诗境"两字，昂然地望着整个园子。这来自太湖的石子因丑得名，身上有小洞，各不相连，却又互相渗透，让人称奇不已。

还在因为诗境园的景致而留恋，一股子清香随风撞入怀中。随香而去，"问梅槛"出现在眼前。一院子的梅花在严寒的冷冬兀自芬芳。矮矮的树，低低的枝，密密的蕾。一朵，两朵的花站立枝头，迎风含笑。那一枝一枝的花开，那一树一树的美丽，让人想起陆游写的咏梅诗。

"零落成泥碾作尘，只有香如故。""当年走马锦西城，曾为梅花醉似泥。"……

陆游一生酷爱梅花，以花喻人，以花言志，梅花高洁的品性在一树淡泊的清逸里，吟咏了诗人魂之品性。

过了伤心桥，别了六朝井亭，"孤鹤轩"寂然而现。陆游一生经历坎坷，一颗拳拳的爱国之心，天地可鉴。他终日奔走，为那沦陷的失地，便有了"王师北定中原日，家祭无忘告乃翁"的嘱咐，为那懦弱的朝廷有了"僵卧孤村不自哀，尚思为国戍轮台"的呐喊，为那遭遇外侵的难民有了"遗民泪尽胡尘里，南望王师又一年"的遗憾。

字字句句，满腔热忱，首首阙阙，忧国忧民。

孤鹤轩，就是用来纪念这位伟大的爱国诗人。走近这里，细细地听，静静地看，无数陆游写的诗词在脑中回环反复。每一棵草都衔着诗词的韵，每一棵树都站立着爱国的魂，每一处景都渲染着热忱的心。

3.

红酥手，黄縢酒，满城春色宫墙柳，东风恶，欢情薄，一杯愁绪，几年离索，错，错，错！

春如旧，人空瘦，泪痕红浥鲛绡透。桃花落，闲池阁，山盟虽在，锦书难托，莫，莫，莫！

千古传颂的名句，成就了今天的沈园。陆游与唐婉的爱情悲歌从《钗头凤》的碑文里缓缓走来。想着耳熟能详的故事，望着这充满悲恸的词，读着这满是伤心的诗，前所未有的心酸在冰冷的碑上弥漫开来。

当爱情的花遭遇现实的风雨，无奈的离索吞噬了爱情的鲜美。满腹的愁绪，满腔的酸楚，满怀的思念，在沈园重逢的那一刻更与何人说？诗人悲愤提笔，在墙上奋笔疾书，字字句句皆呼喊。

因了这《钗头凤》，因了这爱情，因了这诗心、诗魂，沈园饱含色彩，增添魅力，让人细细品味，叹息扼腕。

回环曲折的走廊下，一串串木质的风铃叮当响彻。长长方方的形，古朴自然的色，青铜暗色的铃，排排悬挂。那木牌上分明刻着许多相爱之人的祝福之语。

那么多，那么多的海誓山盟在叮叮当当的远古里欢畅歌吟；那么多，那么多的海枯石烂在风吹而吟的现代里铿锵响脆……

倾听，风的声音

秋来了，秋来了！出去，出去走走，去拥抱自然，去聆听风声，去感受秋意。心的念想一动，便拉着小女约上好友兴致盎然地爬山去了。

沿着台阶拾级而上，棵棵挺拔的松树郁郁葱葱。它们认真积蓄，努力生长，朝着太阳，向上，向上，一直向上！密密排站的树，精神奕奕，蓬蓬勃勃。根在地底相拥缠绕，枝在空中互相致意，叶在风中簌簌低语。它们像剑，直直出鞘，直指云霄，它们像刀，凛冽向前，锋芒毕露，它们像戟，精神抖擞，不可摧毁。

直直的树干迷离了我的眼睛，一棵挨着一棵，一队靠着一队，一片延伸着一片，如汪洋，似大海，把你的魂儿生生地拽住。在林海中浮沉，心儿不禁又一次遐想，如果有来生，做一棵树吧，枝繁叶茂，花开朵朵，低低地扎根泥土，高高地仰望苍穹……

青石铺成的小路蜿蜒向上，一直消失在绿意绵绵的丛林中。漫步在小道上，把自己浸在葱茏的绿意中，一身的倦怠渐渐消融。闭目养神，只闻风，悄悄地来穿梭！它温柔地逶迤摇摆，穿过树林，拂过枝叶，掠过小道，似看不见的溪流，潺潺而来，哗哗而过。

缓缓的，缓缓的，是母亲温柔的手吗？轻擦脸颊的亲昵无不弥漫着母亲暖暖的温度；柔柔的，是母亲慈爱的话语吗？洋溢着温情的唠叨，窸窸窣窣，絮絮叨叨。

风含羞地敛眉低眼，是欲语还休，是裙袂轻飘，还是回眸轻笑？

忽地，风渐渐地大起来！它鼓起腮帮子呼呼地吹，呜呜的声音在林间飞速地流窜回环，层层荡漾，声声呼应，犹如湍急的江河，潺潺不倦，奔流向前。它展开翅膀，开始滑翔，忽而从天上俯冲下来，急速拐弯，带动一股旋流，惊起鸟儿只只，吹飞落叶片片；忽而从地底向上急速腾窜，绕着树枝圈圈围绕，扰乱松针蓬蓬簇簇，摇起松枝啪啦乱响；忽而扯起尖锐的呜咽在树林里横冲直撞，撞翻落尘弥漫，吹起落花起舞；忽而，一股脑儿地跌进我怀里，推得我后退一大步。

伸手想拥住风，可惜，它犹如放荡不羁的魂，刹那间，从你手中穿过，只留下丝丝的凉意在指尖。

出了丛林，眼前出现大片旷野，芦苇狭长的叶挤满空阔的山坡。它们在贫瘠的土地上以繁茂的姿态坦荡生长，挨挨挤挤，密密麻麻，接天蔓延。那种无畏的精神，那种积极的力量，是从容，是淡定，是不管不顾的蓬勃，是生生不息的顽强，是浩浩荡荡的盎然。

即使卑微，依然努力，即使平常，依然精神，即使困苦，依然青翠。大片的苇丛以它密密的站立铺就了一份朴素的庞大，那份磅礴的气势，让人肃然起敬，心生敬畏！

风，少了树林的羁绊，越发猛烈了。它在空荡的山坡上咆哮着，怒吼着，卷起滔天的气流，似波涛汹涌的海浪，"唰"的一下，齐齐刮过苇丛，苇丛齐腰折下，刹那间，却又傲然挺立！风似乎被激怒了，只听它携着万钧雷霆肆虐地扑来，一次，一次，又一次，呼呼的怒吼在旷野上愤怒回荡，苇丛此起彼伏，绿色的波纹在山坡蔓延开去，层层推进，连绵不绝。

风伏在苇叶上，即使暴跳如雷，即使拳打脚踢，苇叶依然摇曳着那高低起伏的纹，不急不躁，它以自己款款的温柔无声地化解了风的暴戾。那层层漾出的绿纹分明是苇丛淡然的盈盈笑意。

风过，苇叶依旧苍翠，依旧挺直向上。心，刹那折服，为它的坚强，为它的不屈，为它的傲然。

生活粗粝，我自微笑！一句话从脑海里划过。是的，在那一刻，苇丛的精神感染了我，我心豁然开朗。

站在山坡，迎风而立，任风与我亲密相拥。

把自己交与了风，聆听它响亮的哨声，捕捉它匆忙的身影，感受它凛凛的凉意，望着陡峭的爬坡，忽得觉着自己充满力量，在风的怀中，攀爬，攀爬，努力攀爬……

左手拎菜，右手抱花

五月，合欢花儿开，开在我的窗外。

日子从第一朵合欢花的盛开，透出隐隐的香。它们在楼层与楼层之间云蒸霞蔚，绯红的色，羽状的朵，一簇簇，一片片，如火如荼。

透过合欢花儿，从五楼往下望，隐隐约约看到穿梭来往的人。狭窄的通道不知何时成为菜农、果农的聚集地。

他们并不天天在，晴天，周末的清晨，一定都会来。小区里的老人闻着果蔬的清香三三两两地聚拢。一个问，这茭白怎么卖？一个说，丝瓜嫩得很呀。来往之间，合欢树下的方寸之地忽地热闹起来，仿佛小小的集市，人声喧喧，生气勃勃。

隔窗，相望，有喜悦浅浅生发，每一个片段都是生活的画。

穿衣，穿鞋，匆匆往楼下奔，我也想在果蔬的摊子之前挑挑拣拣，也想高兴地与小贩讨价还价，也想人挤着人，找几颗最甜的荔枝。

俗世里寻常的热闹与欢喜，总让我怦然心动。

只两分钟，跑到了楼下，只见四季豆、卷心菜、西红柿、芦笋芽，齐整整，招人疼。想着丫头吃着这样新鲜的菜蔬，嘴角露出微微的笑。萝卜、四季豆、卷心菜，买了一样，再买一样，还买一样，过秤，结算，居然只要九块多！便宜，果然便宜。难怪这么多人都愿意来买菜，物美价廉且又方便，如何不心动？菜农乐得眉毛眼睛都在笑，一双手，腾、挪、拿、装，忙碌不停。

拎着满满当当的蔬菜准备上楼，无意间一转头，墙角边，合欢树下，居然有一花农守着一板车的花草，无一人问津。他落寞地站着，头上是毛茸茸的合欢花，身前是香喷喷的花草，他整个人笼在花儿的芬芳里。 阳光细细地洒下，洒在他黑红的脸上。

与忙碌的菜农相比，板车前的花农，相当寂寞。他只能偶尔摆一摆那喷红吐翠的花儿，仿佛这样，他才有事做，才不会那么孤独。

买花还是买菜？毫无疑问，红艳艳的花朵与绿油油的蔬菜，在这个以老人们居多的小区里，输得彻底。

一个只能看，一个却能吃。精打细算的老人们毫不犹豫地选择后者。于老人们而言，踏踏实实的柴米油盐才是最要紧的。至于，花儿，那是可有可无的点缀品吧。

守摊的花农，还在静静地等待，黝黑的脸庞，沉静如水。

他的心里会失落吧，会难过吗？会不会将土地里的花草改成萝卜韭菜？

他默默地站着，不言不语，不招不喊，守着一板车的花儿，孤独地站着。

心里忽然有一丝儿疼，为这一车子的玫红、橙黄、雪白。

移步来到花农前，我的脸上显出笑，他的脸上亦是显出笑。满满一车的花，月季、海棠、长寿、文竹、茉莉、栀子……每一样都那么好，密密的花蕾，翠翠的叶，轻轻的香。

"哪种花儿好养呢？"我停在花草前，挪不动脚了。

"龟背竹、长寿花、富贵竹，都好养得很。"他黝黑的脸庞漾出小心翼翼的笑。

"这月季，几十朵花蕾，才三十五元。"说话间，他将一盆茂密的月季花递给我。真的呢，枝叶繁密的月季，花骨朵儿一个挨一个。

"还有这栀子，已经开花。香得很。"花农的手上捧着小小的栀子花，碰一碰那朵奶白的花，浓郁的香，"轰"的一下，四散而来。

"月季三十，栀子二十，妹子，你就买了吧。"他的眼神闪着光，一些渴盼如焰扑闪，干瘪的嘴唇不时用舌头艰难地舔一舔。

"好！"我利落地交钱。

他呢，笑成一朵花，手忙脚乱地拿塑料袋，细心地将花儿放好，且不停地嘱咐："栀子喜阳，勤浇水，勤施肥；月季花浇水有讲究，不干不浇，浇则浇透……"

我一一答应，左手拎菜，右手抱花，兴冲冲地往回走。

一朵朵的花儿在怀里簌簌而摇，脑海里，无端地想起学生写在作文本上的一句话："老师，您或许已经忘了，您在一年级的时候请我当卫生委员，因为这样的鼓励，我才能在六年级的校级大队长竞选中脱颖而出……"

卫生委员？我轻轻地摇摇头，这个细节，我是彻底地忘记了。于我，那只是随心的一句话，谁能想到，居然影响一个孩子六年的小学生涯？

　　"吱扭"一声，丫头的开门声打断了我的冥想，她看到我手里的花，大呼小叫："妈妈，你疯了吗？这样的花，昨天不是刚买了三盆吗？"

　　但笑不语，谁又知道，我小小的举动能给那个落寞的花农带来什么？

　　我亦不会想那么多，将花儿端端正正地摆上阳台，细细地浇了水，一朵又一朵的花儿，摇曳芬芳，真美……

清明的记忆

四月快到了，清明也就快到了。这个时节，乡下的棉菜正长得绿。

棉菜是一种草。叶椭圆，对生，白绒绒的细毛，顶部开黄花。花儿不见瓣，像旧时的盘扣，紧紧地抿着，拥成团。它有很多的学名，有叫鼠曲草，或清明草。比起这个名，我更愿意叫它棉菜。因为，在老家温州的乡下，村民们都亲切地喊它"棉菜"，这个称呼有着家乡的味道。

阳光灿烂的日子，母亲递过来一个菜篮子，说："去，挑一些棉菜来，清明的时候捣年糕。""哎！"这边刚脆生生地答应，那边已经疯了似的跑向田野。彼时，麦子已经很高了。菜籽在田里铺开紫色的小花儿。泥土蓬松新鲜，裂开的缝隙里塞满野花野草的芽。麦田深处，寻找棉菜，是最大的乐趣。这儿有一棵极大，那儿有一片极密，窜起的惊叫声掀起一道道碧绿的麦浪。

母亲把挑来的棉菜洗净，铺开。阳光下，晾一晾，晒成软软的一团，小心地存着，等着清明将近和着糯米捣年糕。

捣年糕？怎么少得了二叔呢？清明前几日，二叔便开始准备了。榕树下的"捣臼"被二叔刷得干干净净。拌了棉菜的米粉从笼屉里热气腾腾地拿出来，"啪"的一声，砸在"捣臼"里。二叔抡起浸过水的大锤，一锤一锤地反复下去。那团香香的米粉，在锤子的淬炼中，柔韧细腻，直至棉菜完全融入米粉里，成了一个个墨绿色的小斑点。不久，米粉捶成大大的一团，润滑通透，泛着青碧的颜色。

这便是棉菜年糕了。

捣好的年糕被爷爷放在桌子的扁箕里，切一小块，揉揉搓搓，搓搓揉揉，变魔术似的，各种形状的年糕从手中生出来，有的似圆锥，有的如小猪，还有的放在模具里印成长长方方的条状。最多的是被爷爷用粗糙的大手压呀，压呀，压成圆圆的大饼。我们都叫它清明饼。"来，来，每个娃娃一个饼。"爷爷说。我们便把热乎乎地清明饼抱在怀里，欢天喜地地捧回去。

奶奶呢，自然不能闲着。她忙碌地捏着清明果。只见她取出一小块捣好的棉菜年糕，揉成一团，转出坑斗，放上馅儿，搓圆压扁，再在底部垫一片洗净的柚子叶，放在蒸笼里。等到雾气袅袅的时候，香喷喷的清明果便新鲜出炉了。色泽碧绿通透，咬一口，清香四溢，怎一个美字了得？

清明果、清明饼，清明节也就到了。一串响亮的鞭炮在坟头炸响，果子，年糕恭恭敬敬地立在坟头。母亲把祭过祖的棉菜年糕拿回去，锅里，用油炸一炸，浇上一勺自酿的红酒。只听"刺啦"一声，香气"轰"的一下漾开，口水便被勾引出来了。

"来，吃吧。"母亲笑眯眯地说，"供过祖先的，吃了保佑你会读书！"接过清明的年糕，迫不及待地吃起来。松脆脆，软乎乎，热黏黏，每咬一下便有棉菜的清香次第传来，唇齿生香，美味极了。

我知道，吃了这个，清明，才算是真正过了。

美丽，在身边

1.

难得回到那个生我养我的小乡村。

还没进村，映入眼帘的便是养育乡村的飞云小溪。此时的水面，薄薄的雾霭氤氲袅袅，朦朦胧胧恍若仙境。不禁惊呼："这溪水啥时会腾云驾雾了？"

"珊溪水库造就了这湖的景色，很早就是这样了，难道你一直没发现吗？"村子里的人解释道。

最常见的往往是最容易忽略的，没想到身边居然就有这样的异景，我为自己回乡的次数少而歉意，为自己的视而不见而赧然。

站在桥头，静静地望。浑厚的绿，幽幽润泽，有厚度，有质感，舀一瓢，似乎便能端起玉液琼浆。这是朱自清笔下的女儿绿吗？不掺和一丝杂质，纯净透亮，一心一意，绿意浓浓。

不敢惊呼这美好的绿，因为它在宁静地睡眠。没有一丝的皱褶，没有一点的涟漪，如同猫儿的眼睛，闪着光泽，安静而迷人。或许，是剪裁了岸边深浅不一的叶儿葱茏，或许是借助了田边鲜嫩的草芽碧绿，又或许是揉入了六月的盎然生机，才能缔造出如此美丽的颜色，才能营造出如此纯美的水样，要不，怎会有如此温润的色，怎会有如此温婉的形？

小的时候，天天见，日日见，却从没瞧见这水的美丽，而今，静心驻足，蓦然发现远足他乡的美景，都不及自家的水美丽恬然。

水面的雾气还在递增，飞逸的白色渐次升腾，袅娜散开，轻轻飘飘，慢慢扩散，雾气迷茫。

一切显得亦真亦幻。是黄山的云海不小心跌落到小溪？否则，哪来那么多的白雾袅袅？是天上的云朵投到河水的怀抱？否则，哪来那么多的聚散依依？

站在桥上，呆呆地望着。

云雾隐隐而来，泛泛而散，待伸手去捉，却徒劳而空。

不禁傻笑。

"妈妈，这是不是孙悟空的水帘洞啊？"女儿天真的话语，惊醒了一帘雾霭的我。

是啊，多像孙悟空的水帘洞，与世隔绝，干净美丽。

2.

过了小溪，便是外婆家。

外婆家早就人声沸腾。舅舅、舅妈、姨妈、姨夫、表兄、表妹以及一大群和我女儿一般大小的孩子，热热闹闹，一大家子。老外婆，老外公，接近九十的高龄，身子骨却依然健朗。每到过节特别乐呵。老人家，看看这个，望望那个，幸福的皱纹绽成盛开的菊花，开朗的笑意更似止不住的泡泡，一串串往外冒。

外婆家虽然是乡村，却拥有五间小洋楼。楼房的后面，圈围着一个宽敞的小院子。六月的柚子树已经抖落满树的白花，一个个青青的小柚子，圆鼓鼓地躲在绿叶间。虽然花期已过，但柚花的香味似乎依然停留在小院，若有若无的幽香，撞着鼻尖，沁人肺腑。

靠着围墙，便是老外公的青青菜园。茄子生机勃勃地弯着，黄瓜攀墙爬壁，一两朵金黄的花零星地眨眼。空心菜举着一朵朵圆圆的小白花。四季豆、豇豆扭着细长的藤顺着竹条圈圈缠绕，南瓜、丝瓜葱葱郁郁……菜园虽小，却也种类繁多，浅绿深绿，一地生机。

小孩子，最喜这园子。他们拿着各种小工具，努力耙扫着，一条蚯蚓扭着圆滚滚的身躯出现，惊喜的欢呼差点把树上的柚子震落。

一口大锅，支撑在柚子树下。阵阵香味从锅里四散而来。丰盛的佳肴一碗碗地盛出来。这情景，总想到野炊。蓝天为顶，绿树为伞，满目的蔬菜在眼皮底下抽枝长穗，满院的小孩在身旁肆意欢笑地嬉戏奔跑……

我望见妈妈耳鬓闪着银丝的脸颊，笑容满面地择菜；我望见外公垂下有点佝偻的腰，憨憨乐乐地铺桌摆凳；我望见身手熟练的舅妈，笑意吟吟在锅里翻炒出美食的香味；我望见孩子们追着，跑着，乐着，忙碌地呼吸新鲜空气……

这又是一幅幸福动人的景！

常回家看看，陈红的歌在心里开始轻吟。踮起脚尖触摸幸福，踮起脚尖观望美丽。

美景，不必远行；美丽，在身边……

天真

喜欢"天真"两字，像露水在花上，月在水中，又干净，又无邪。

年龄往深处长，内心的滚烫趋于安静，却有天真，依然无邪。

天真是孩子的欢颜，不经思考，不经雕琢，不掺杂世故；天真是一百岁的张充和穿旗袍、练书法、唱昆曲；天真是五十岁的汉子攀到岩上折一枝野百合送给他的妻……

一颗欢喜心，是天真的底色。

对着一盆小小的雏菊，也能津津有味地看上大半天，是天真；听一首情深意长的乐曲会流泪是天真；遇到久违的天蓝与壮阔的星海会欢呼是天真。天真的人有着庞大、细腻、丰富的触觉，那花香，那清风，那暖阳，总能在天真的土壤里生发流转顾盼的喜悦。

天真是一种气息，简单，明净，如同植物，含着动荡，散着香味，混着泥土与阳光的气味。

读老舍的《养花》读出天真，满院的花草中，老舍弯腰曲背，浇水、施肥、搬进、搬出，他在快快乐乐地忙碌，送牛奶的人进门就喊："好香！"他的神情，又骄傲，又得意。

这样的他，天真如赤子。

看丰子恺的画，看出天真。

　　寥寥数笔，寻常的光阴，寻常的画面，偏偏，有天真迎面而来。天上摇摇摆摆的风筝，地上奔跑嬉戏的儿童，那情，那景，似曾相识，又亲切，又熟悉，有感动从心底一波波地漾出。

　　当小孩还是小孩的时候，他们在自己的世界忙碌，过家家、抓蟋蟀、追月亮、孵鸡蛋，会将一把蒲扇当车子，会相信月亮里住着嫦娥，会遵从内心的意愿，让高兴、失望、愤怒、奇思妙想，肆无忌惮地奔跑。

　　丰子恺将孩童的"天真"一一捕捉，用画作来表达，用文字来歌咏，在《给我的孩子们》中他这样写着：

　　瞻瞻！你尤其可佩服。你是身心全部公开的真人。你什么事体都像拼命地用全副精力去对付。小小的失意，像花生米翻落地了，自己嚼了舌头了，小猫不肯吃糕了，你都要哭得嘴唇翻白，昏去一两分钟。

　　这是孩子的天真，纯真，透明、简单、全力以赴，如同会发光的珍珠，倒影成人所谓的"沉默""含蓄""深刻"的美德。

　　郑板桥，清代著名书法家，书画家，诗人。一些生活的细节，透露他饱满的天真。瓦壶天水菊花茶，满架秋风扁豆花，居住大悲庵的他，春食瓢儿菜，秋吃扁豆，布衣斗笠行走在乡间稻田，作诗作文，字里行间无不流露出至情至性。

　　说到天真，再不能忘了大文豪——苏东坡。

　　林语堂写苏东坡：深厚、广博、诙谐，有高度的智力，有天真烂漫的赤子之心。

　　苏东坡保持天真淳朴，终生不渝。他的诗文、画作、书法生动有趣，恳切诚笃，带着诗人自身的气质，随性而来，随情而发，字字光风霁月。

　　诗人的内心有一汪纯洁天真的本性，这满腔的赤诚，养就诗人的作品，遒劲朴茂，闪亮美好，无所畏惧。

　　老树的画，老树的诗，也天真：

你不静下来听一听
春风就会吹过了
再不去郊野看一看
那些花儿就落了

　　这样的语句，在老树的画作里很多很多。一丛花，一壶酒，一个人，几条浅浅淡淡的线条，几行歪七八扭的字，亦禅语，亦打趣，让人豁然开朗。

　　新浪博客里遇见一个叫彼岸的女子，读出不一样的风味，她的文字极有特色，像摊开的诗集，像内心的呓语，像萨顶顶的歌，特立独行，不可模仿。

　　她在《做一个天真的小妇人》里写着："这一生，我就是一个天真的小妇人，不要迫我于俗世的相争。我用我微薄的收入足以打理我的生活，使它丰美。我不要锦衣玉食，我只喜欢我手指上戴着的潦草的银戒，我颈上锈迹斑斑的锁子，以及我手工缝制的布衣裙，我吃着粗茶淡饭，这丝毫不妨碍我优雅地听着钢琴曲看着朝阳想着我卓越的理想。"

沉浸在这样的文字中，久久回味，有许多相似的情感，在一个叫"共鸣"的词语上，生发出美丽的花朵。

做一个天真的小妇人，也是我的理想。

梳洗，打扮，去早市，让每一刻的自己，干净，美丽，是天真。

看花、看草、看世间一切的美好，是天真！

吴山广场，上班的必经之路，总有人唱歌、跳舞。她们化着妆、穿着鲜艳的衣裳，旁若无人的律动着，我会一一地看，这样的他们让人羡慕。老了，我也要这样。穿红的衣裳，着绿的裙子，大声歌唱，尽情跳舞。

早晨的菜场，熙熙攘攘，热气腾腾，我也喜欢看。

带水的葱花，含露的黄瓜，活蹦乱跳的鱼虾，一扭头，瞧见那拿着大刀的卖肉姑娘，红唇鲜艳，眉眼汪汪，婷婷秀气。这画面，又奇异，又惊心，让我一看再看。

也喜欢厨房。

将红的萝卜、绿的菠菜一一淘洗，将白的米饭，鲜的黄鱼一一蒸上。火苗扑腾，雾气腾腾，只觉这活着的乐趣。

翻旧衣，翻出碎花的裙，棉麻的衣裳，细细地赏，旧时光在旧衣里寸寸蔓延，也觉得好。

看到花开会感动，听到鸟鸣会雀跃，想到一些迷人的细节会欢喜。

居陋室，着布衣，吃着青菜白米饭，与音乐相邻，与文字结伴，与植物相依，安静淡然地向前走。

这是我的天真，亦是我今生的理想。

小确幸

天气有点热，心儿有点烦。许是假期悠闲得泛滥，空空然，怅怅然，呆呆然，不知所谓然。

丫头说："睡得着，吃得下，还有什么不好呢？"

是啊，还有什么不好呢？琴儿姐姐新写的文章叫《心静自然凉》。微博里，有个女子，坚持每天记录"小开心"。梅子的书一摞一摞，读到几乎会背，每一篇都是告诉我要朝着美好奔跑。而村上春树有个词叫"小确幸"。"小确幸"——微小而即逝的幸福。念一念，满口生香。

寻常的日子流水过，学学远古的人，结绳记事，记一串又一串的"小确幸"。

昨晚，推窗，逢着一个橘黄的月亮，晃晃地挂在夜空。那么黄，那么亮，像晶莹的果，大捧的光淹没我的想象。柔柔的芒，漾起十万的笑。我以为此时的月亮是快乐的，每一道光芒都布满笑的纹路。那么暖，那么甜，像记忆中的灶糖。小时，乡下，四五岁的模样，卖灶糖的来了，一个圆圆的奶黄的大灶糖躺在扁扁的篾席上，一只破拖鞋，一块破铁，一个烂铜都能换取一小块灶糖。

那灶糖多像今晚的月亮，我为今晚的月亮而高兴，它让我想起久远的甜。

　　今早，拉开帘子，蓝天白云映入眼帘。天空明净，风儿清凉，仿佛多年前。多年前，蓝蓝的天，白白的云，我们不以为然。现在，难得，再见。人们见一次拍一次，一天的好心情从蓝天白云里开始。相见时亦会谈论。一个说，今儿天真好，蓝着呢。另一个也会兴奋地说，是啊，蓝着呢。

　　这便是好了。一问一答，一问一答，天空湛蓝，白云晶莹。

　　中午，顶着太阳接女儿回家。路过"开心厨娘"，便在里面用餐了。小小饭馆，清凉可人。墙上，花花绿绿的留言，铺排而过。壁上，劝世的箴言，随处可见。抬头，老板娘正对我微微笑。她俯身与丫头打招呼，手把手地教她如何饮茶，又对我说了句耐人寻味的话。"课堂里的分数其实不是很重要。生活才是真正的大课堂。孩子是白纸，看你用什么的颜色来描绘……"她说这话的时候，笑容安详，满脸睿智。

　　晚，新东方的走廊里，照例是一本书，一段音乐。一个灿烂的笑容，一声响亮的招呼，响在耳畔。原来是女儿"自然拼读"的王老师。王老师的笑，如花美丽，青春，爽朗，热情都在明媚的容光里焕发。王老师与女儿其实也只有八节课的缘分。萍水相逢，她却把一个老师对孩子的爱满满当当地送给女儿。得知女儿晚上还有课，她惊喜地跑开了，一阵风似的，她说："我去看看情兮……"那笑，分明还在呢。软软的，柔柔的，一群一群的阳光洒落，一片一片的落花缤纷。

下课，女儿擎着一只纸鹤远远向我跑来，她问，纸鹤是不是很可爱，王老师特意送我的哦！我沉醉在丫头的笑容里，沉醉在王老师的心意里。我说，丫头，咱们回家吧。

回，清凉盈袖怀。有风大把大把地吹来，三三两两的雨飘飘摇摇。落叶满地，枝丫横截。却原来，在我不知道的时候窗外曾经疾风骤雨。"我们是不是赶上最好的时候呀！"丫头说，"你看，我一放学，狂风暴雨就停了，现在好凉爽啊……"

是啊，是啊。我笑着回答。我们赶在最好的时候回了家。这也是小确幸啊，我在心里暗暗地补充。

明天，姐姐和妈妈或许来杭呢。生命中最爱的两个女人，我多么，多么爱。若来，即使什么也不做，看一看也是幸福的呢。

晚上还有月亮吗？梦中依然繁花细草吗？

生活中的"小确幸"在不远处向你招手，走一步，拾一颗，琳琅满怀呵……

诗，不一定在远方

　　万事万物，辩证存在，以宽容、原谅和善心对待眼前琐细的烦，便会看到近处的诗。一个人的朝拜，一个人的诗。诗，不一定在远方。缺的，只是一颗安宁、干净的心。

西湖夜色

五月的风，轻轻吹，如羽翼拂过暗色蒙蒙的夜。

天边，一弯半月，眨着明亮的眼。

泛舟西湖，低吟浅唱，清幽的湖水，深蓝跌宕。

鳞片般的云，在空中密密层叠，一块，一块，覆满高空，一朵柔柔的月亮花，层层穿越，时而隐藏，时而显现。清浅的月光穿透云雾倾泻而下，整个西湖笼罩在明晃晃的白光里，波动的水花银光乍现，闪烁不停。眼，有一刹那的迷离，心，有一瞬间的沉醉。那么多，那么多的水，在眼前，低低的，触手可及；那么多，那么多的浪，在远处，宽宽的，目之所望。轻微的水花，似微醺的酒，带着迷离的醉意，摇动浅浅的小舟。

轻轻地闭上了眼。

听，波声渺渺；看，月光迷离。

消融，一切的繁杂琐碎在荡漾的水波里，轻轻消融。宁静，一切的喧嚣烦忧在起伏的涟漪里，慢慢宁静。心，前所未有的空灵，眼，前所未有的明净。

忘记了，身在何方；忘记了，红尘滚滚；忘记了，前尘往事。此时此刻，唯有树影重重，月光斑驳；此情此景，独剩水儿柔情，船儿温柔。

　　"柳浪闻莺"在月色下尤其美丽。细长的柳叶层叠挨挤，一顺儿朝下，似悬挂的绿剪子，错落有致。柔软的枝条，一缕缕，一摆摆，一树树，纵横交错，一帘朦胧的碧色，轻盈而飘，随意而飞，翠色欲流。

　　那是任何一种色彩也无法比拟的美。蒙蒙的，淡淡的，发着光，闪着芒，绿幽幽，碧婷婷，让人欲罢不能，心生迷恋。

　　看着，看着，仿佛自己也是一片柳叶儿，追风逐月，踏花起舞……

　　一道白光在湖里灼灼闪亮，紧接着三五道同样的光横卧在湖边。一闪，一闪，似弯刀，如月牙。

　　正疑惑间，岸上响起了动感的音乐，发光的地方忽然冲起水花。西湖的音乐喷泉，就这样与我相遇。音乐声声，水花朵朵。它们似一尾尾腾飞的银鱼袅袅而蹿，向着天空的方向腾升、散落。音乐骤然激烈，水花急剧加速，那么多，那么多的水柱喷涌而出，腾空而上，似白色的小龙在腾飞，如银色的鲤鱼在跳跃。

　　密密的水柱前赴后继，接二连三，朵朵簇簇，不歇不止，弧形的水帘瞬间拉起，骤然而落。仿佛湖面是宽广的夜空，仿佛喷泉是燃放的烟花。蜿蜒向上，散落无痕，刹那的绽放，溅起一湖的水色。音乐的变化，让喷泉的形状也跟着变化。一会儿似圆锥，尖尖向上，圆圆散落；一会儿似燃放的爆竹，忽然而蹿，纷飞而下。

　　在音乐即将停止的那一刻，左右两旁的水管喷出高高的弧形水柱，在空中架起美丽的彩虹。湖中央的水花如千万匹白色战马，奔腾而来，又如万枚宝剑，掷向高空。所有的水花都在狂欢，所有的音符都在舞蹈。水柱遥遥升起，水花簌簌而落，水面银浪翻滚，水光跌跃不停。一时，恍然出神。有风吹来，凉丝丝的雨雾倏然而来，手臂，脸颊，凉丝丝的舒爽。

刹那回神，水面已然平静，似乎刚才的一切都没有发生。

岸上有歌在吟。歌声嘹亮清越，穿破沉沉的夜色，震动丝丝的柳条。循声而去，一群退休的老人正在悠然自得地且歌且舞。一舞者，拿一把火红的扇子，轻盈地舞。

甜美的歌声，优雅的舞姿，引来不少的围观者。那舞者转动扇子，似翻飞的红蝴蝶，忽上忽下，忽左忽右，一会儿向前翻抖，一会儿向后展开，小小的一把扇子，随着舞者轻巧的动作而翩跹变幻。只见她一转身，一下腰，一扭头，一抬脚，每一个动作韵味盎然，那并不年轻的脸庞却有最青春的笑容。

一种感动在心里弥漫，为那舞者对生命的热爱，为那舞者对艺术的追求，为这夜西湖的遇见。

柳树丛丛，灌木棵棵。夜色，在西湖的上空越发地浓了……

陋巷里的天使

这是一条简陋的巷子，破败的落地房年代久远。阳光不好，设施陈旧。然而，就是这样粗糙的住所却让我处处留恋，时时温馨。

搬来这条巷子两年的时间里，邻居们的热情与善良让我深深喜爱。家家户户乐善好施，男男女女和睦友善。谁家有新鲜蔬菜，就给隔壁的主妇们送去，让大家尝个鲜。谁家遇到小困难，大伙都会想方设法帮忙解决。虽然，蔬菜不值几个钱，大伙帮的也是力所能及的小忙。可就是这样的小场景，这种互相关怀的暖意，总让我驻足回味。每每这时，我总是静静地看着，细细地听着，一种叫感动的情愫在心里弥漫开去。回想着住套房的日子，和对门的邻居两年没说过两句话。可在这里，人与人之间最美好的信任，互助，常使陋巷洒满阳光……

晚饭后，是这巷子最热闹的时候。大人们，闲适地站着，或惬意地坐着，三五一群，家长里短，玩笑声声。爽朗的笑声冲出陋巷惊飞树旁的鸟儿。

小孩子们吃完晚饭，撒开了欢。大的，小的，忽然冒出来。两岁的小叮当，屁颠屁颠往巷口冲，紧随其后的爷爷迈着跟跄的步子，带着慈祥的笑容，溺爱地唠叨："人最小，就你跑得快……"满心的欢喜，满脸的疼爱溢于言表。看热闹的人群，不住地打趣："小叮当，再跑快点，爷爷追上来啦……"对门稍大的小虎和隔壁的雨欣、遥遥，再加上我的女儿，排着整齐的队伍在每家门前的台阶上骄傲地走着台步，每人手上撑着一把极小极小的纸伞。（那伞是遥遥生日时给这巷子所有孩子蛋糕上的附赠礼。）孩子们快乐地拿着小伞放肆地叫喊："下雨啦，下雨啦！"大人们看得津津有味，听得呵呵直笑。

最有趣的是四岁的小宝骑着小自行车，带着五岁的佳怡，在巷子里歪歪扭扭，横冲直撞，虽险象环生，但小宝仍镇定自若，坚持不懈……

"噢——，小宝带着小小女朋友去兜风啦，哈哈……"大人们拍掌抚额，乐得直不起腰。

静静地坐在门口含笑聆听，凝眸注视，一巷活泼的小生命，犹如喷薄的朝阳，在巷子里随意泼洒。

夕阳的余晖一点一点遁去，小孩活泼的身影洒着橘黄的柔光，纯洁，美丽，生动！

一巷的小孩在跑？不，一巷的天使在飞……

依然执着，努力前行

1.

依然喜欢植物。

办公室里养了一盆又一盆的花，铜钱草、文竹、绿萝、仙人掌……一盆有一盆的好。每天到校，第一件事，给花草浇水。喜欢看植物们各自安好，喜欢看阳光一寸一寸地铺过，以清澈，以温暖，以柔情。

铜钱草喜欢阳光，喜欢雨水。绿萝养在室内，仙人掌最顽强，不闻不问，也能绿意茵茵。一种植物，一种性情，一一记住，慢慢磨合。如同知己，倾心又懂得。

只要盆里长出来的，哪怕是一棵草，也呵护有加。曾经，拿了花种，洒下一大片，最终，光阴赠我一棵树。这样的错误也美丽也诗意。花也好，树也罢，都是命中注定的遇见。

寂静的时光里听植物抽枝发芽，看叶片饱满挺拔。想起三毛的诗：

如果有来生，

要做一棵树，

站成永恒，

没有悲欢的姿势。

一半在尘土里安详，

一半在风里飞扬，

……

　　来生做一棵树。或一株野生的草。骄傲，沉默，孤独，寂静。在时光里与云朵悟禅，与清风吟诵。随心而长，自由自在。

<h2 style="text-align:center">2.</h2>

　　依然喜欢阅读。

　　选书，不问出身，不看名气。大多时候，更喜欢来自草根的文字。那样的文字，带着民间的气息，有着烟火的亲切。

　　喜欢看彼岸的文字。那个清高美丽的女子，住在偏远的小镇，以寂寞颐养寂寞，以沉沦复活沉沦，以风情滋润风情。一棵"七月"的菩提树下，她写字，拍照，缝制衣裳。那样的自在，如风。

　　世人熙熙攘攘，来来往往，有多少，能按照自己的意愿生活。彼岸，算一个。读她的字，不能快，快了看不懂。细细，慢慢，还需把心洗涤干净，一字一字地看。读深了，会发现，字里行间，有缠绕的诗意、澎湃的忧伤、寂寥的情歌。那文字中暗藏的情意，如彼岸捉摸不透的神情。必须，走近，才能发现美。

她说：

涉海而过，芙蓉万朵。

不知那海有多远，芙蓉有多蕃盛。去，还是不去？

……

她说：

我的终极理想是老死在一座寂静的庄园里，最好是像塔莎·杜朵一样又朴素又老式的庄园，我不怕简陋和荒凉，我愿意守着土制的锅台收集薪柴烧火，我愿意躬身种植粮草，我愿意日日穿旧年的粗布衣。

这样的彼岸，散发着文艺的风情，接近烟火，又脱离庸俗。让人心动。

看张廷珍。渊博的涉猎，大气的见解，犀利的评论。有女子的缜密，又有男人的深刻。在这样的文字前，屏息、凝视、惭愧。不敢妄加评论，只担心，任何一句出声，都是相形见绌。有些人，天生属于文字，在方方块块的布阵里，统率千军万马，意气风发。

她在指点江山，谈古论今，野史的味道，张廷珍的味道。她写《狗日的青春》：

青春就是个神经病。

青春，这个完美的蠢蛋，这个多情土匪，这个风流的劫犯，这个俊美的惯偷。偷走了我们的最美好的一截岁月，从来都不偿还给我们。……

她写《悲伤时，只想喊你的名字》：

相信爱情就要有相信太阳从西边出来的意志，要有承受江河倒流的神经，有海会枯竭石头会开花的隐忍，有天涯和海角近在咫尺老死不相认的悲曲……

这就是张廷珍，奔腾、赤裸、呼啸。她身上找不到矫情，只有酣畅淋漓的表达，如刀子，如箭矢，如烈性的马，窖藏的酒。饮一口，辛辣无比，又快意十足。

……

也读丰子恺的《梵·高生活》。

大众的文字，自然地叙说。是小溪，却暗藏波澜。

在比利时，梵·高热烈布施。

在阿尔，梵·高疯狂画画。

弟弟每月寄来的钱，总是不到次月就用完。有时付不出房租，有时连一块钱也没有。他说："白天非有食物不可，晚上只要吃些面包就够了。"

……

读着，泪在滚。天才的巨匠，虔诚的信徒。又，如此卑微，在金钱面前，捉襟见肘。画画的热情，是内在自燃的核。炽烈的阳光之下，他是永不停歇的夸父，铺满葵花的路上，日复一日，朝圣。

花在燃烧，太阳在燃烧，梵·高在燃烧……

是火，是焰，是热，是烫，是一朵让人生疼的向日葵。

……

3.

依然喜欢行走。

尤其喜欢异域风情。每一次的行走，给眼睛以丰富的色彩，给心灵以新鲜的氧。

不喜精雕细琢的后天加工，不好繁华热闹的都市。如果去，一定是偏远的，清苦的，辽阔的，安静的角落。

喜欢天蓝云白滚到地面的澄澈。喜欢风吹草低的一望无际。喜欢浑然天成的山美水秀。更喜欢，住在那样地方里的人。未经污染，纯净，善良，友好。

读了李娟所有的文字，对阿勒泰的角落，无比向往。

读了七堇年的《大地之灯》，对西藏的天空，心神往之。

想去新疆，想去林芝，想去稻城亚丁，想去西藏的布达拉宫……
想去的地方真多啊。

走吧，走吧。一年一次远行，不为别人，只为自己，去自己想去
的地方……

4.

宋朝，欧阳修《和对雪忆梅花》诗："惟有寒梅旧所识，异乡每
见心依然。"

依然是恒久、不变的意思，是静态，亦是动态。

我执着依然，努力前行。

诗，不一定在远方

1.

读女摄影师的山居笔记——《把日子过成诗》，很是羡慕。一个年轻的女子，忍耐空旷与寂寞，隐居终南山，桃园比邻，山花并肩，挑水、种菜、饮茶、赏雪、寻访，阅读清风明月，阅读虫鸣泉声，又丰富又轻盈，又安静又热烈。

曾几何时，隐居深山，遁走乡村，把日子过成诗，成了一种时尚。

微信里，时不时地看到这样的报道，某某花了几万元，租了一间破败的农房，简简单单地装扮，屋外草绿青青，野花摇曳，屋内家居简单，雅韵十足。一个树桩，一个破旧的陶瓷，甚而农人废弃的石臼都成了家中摆设。有妇，有夫，有一天真可爱的娃娃。一家三口，栽种、蜡染、晴耕雨读，日子过得风吹云动。

这样的文，总是热门的。点赞的人无数，围观的人无数。

村庄、深山、远方，以前所未有的空灵之态出现在当代人的向往中。

细思，人们所追寻的诗意生活，不过是不被打扰的安静，身心舒畅的自由，植物环绕的舒心，原始简单的一瓢一饮。

诗，因为纯粹，而凝练。

生活，因为简单，而诗意。

然而，过自己想要的日子，遵循内心，向着远方出发，有几人能做到？

你行吗？我行吗？他可以吗？

相信，大多数的人，只能摇摇头。

结庐在人境，而无车马喧。问君何能尔？心远地自偏。

陶渊明的诗，一语中的。其实，诗意的生活，不仅仅因为远方，更重要的是心态。

心怀诗意，哪怕处在闹市，也能怡然自得。

2.

家楼下的邻居，一对夫妇。男的五十多，女的四十多，模样寻常，话语温和。夫妇俩自搬来的那一天起，就在门前巴掌大的空地叮叮当当地忙碌。空地很小，多个人，转身也难。他俩却颇有耐心，不仅筑出花渠，挖出鱼池，甚而搬来茶器，堆砌假山。

小小平台，池水涟漪，兰草芬芳。平台外，两扇木质镂空的屏风，一溜儿月季高高低低，一株憨头憨脑的南瓜藤开花又长叶，一株不起眼的金银花缠绕细细的藤。

小小空间，绿植葱茏，游鱼优哉，自成天地。

男人常给花儿修剪，女人常坐在石凳上织毛衣，或逗小狗。

奶油样的阳光在屏风的花纹里斑驳闪烁，男人与女人有一句没一句地聊着。光阴在他们的脸上镀上祥和宁静的色彩。

整栋楼，被他们隔绝在外；整个小区，被他们隔绝在外；甚而，整座城，都与他们无关。他们是最和美的夫与妇，偏安一隅，自得自乐。

每次放学，我总要在屏风外隔门而望。

硕大的南瓜花，灯盏一般，一朵朵月季，娇艳可爱。女主人或摆弄花草或品茗，男主人呢，逗弄一只斑斓的小狗，其乐融融。

人说，那夫妻俩并无小孩。

但这小小的缺憾，并不影响他们的生活。

他们与草木为伴，有犬吠鱼游，活得诗意十足。

3.

家门口不远，有一家茶社。

茶社倚着一排的法国梧桐，不细看，发现不了。

茶社的主人，四十好几的男人。他喜欢旧时器物，过时的黑白电视机、留声机、手摇电话机以及颇有年月的木板门都从乡间寻来，让它们在茶社的各个角落散发旧时的味道。

原木茶桌、玲珑茶器，葱茏的绿植遍布角落，兼以悬壁而挂的书画，配以袅袅古乐，辅以茶香徐徐，一朵朵的茶叶在沸腾的水中，温馨又雅致。

不论外面的世界如何喧嚣，小小的雅室，自有安宁。

与茶社主人的妹妹聊天，得知，此茶社并不赚钱。

为何一直经营？

她淡淡地笑，因为喜欢。

因为喜欢。多好的答案！

偶尔，我去茶社。每一次，小小雅室，都会有细微的变化。那个男人，燕雀筑巢一般，以无比的耐心在自己喜欢的事情上，精雕细琢。

年岁越长，茶室越雅。

在车来车往的繁华地带，小小茶室，安静着自己的安静，优雅着自己的优雅。

即便时光会老。

那主人与茶，一定不会老。

因为，他有一颗欢喜的诗心。

4.

上班、下班、教学生、陪女儿，是我按部就班的生活。

枯燥吗？厌倦吗？

自然的。即便再单调，再忙碌，我也会告诉自己：在平凡的日子里，寻找平淡的美意。

厨房里的番薯，忘了吃，发着短短的芽。随手将它丢在花瓶里，看着它却一天天地长大了，是一件有趣的事。累了，看看番薯雪白的根须，密密的叶，眼睛如同触摸清泉，沐浴生动的好。

杭州多雨，一直下，一直下，常有的事。告诉自己不要恼，就着雨声，拢一卷书，灯下阅读，也是乐事一件。

万事万物，辩证存在，以宽容、原谅和善心对待眼前的琐细的烦，便会看到近处的诗。

除了阅读，也喜欢写小文章。

人问，不停地写呀写，累不累？为了赚稿费？

我说，哪能呢，即便真能发表，也换不来多少钱。

人再问，那是为了什么呀？

是呀，为了什么？

我问自己。我想，为了内心的安宁吧。触摸文字的灵魂，得到内心的皈依。

一个人的朝拜，一个人的诗。

诗，不一定在远方。

缺的，只是一颗安宁、干净的心。

阿勒泰的角落

1.

那日，男孩捧着一本书，宝贝似地送给我，说，这是很好看的书，老师定要好好去读一读。

书有个别样的名字——《阿勒泰的角落》，作者，李娟。真是普通，在中国不知有多少姓李名娟的女子。长得也普通，小眼睛，短发，衣裳素朴，走入人群，淹没，毫不起眼。

也真的看了，却爱不释手，一本接一本，一口气看个遍，从《阿勒泰的角落》到《这世间所有的白》再到《羊道》《冬牧场》《夏牧场》《走夜路请放歌声》《九篇雪》……

绿意茫茫的草原，云朵一样的羊群，雪白的帐篷，无拘无束的风，还有孤独的牧羊人……天必定是蓝的，羊道必定是陡峭的，森林必定是寂寞的，万里雪飘必定是寒冷肺腑的，以及含着香气却冻得硬邦邦的馕饼必定咬也咬不动的……好像元素很多，内容也很多。其时，画面空旷清远，绿色绵延着绿色，无涯连接着无涯。风，只有风在天空下奔跑，永不休止的模样；蓝，只有蓝在天空上盘旋，耀眼得让人流泪。只有寂寞与孤独在茫茫的草原静静疯长，只有偶尔飞过的大雁，惊动空气的涟漪……

宛若一幅留白很多的水墨画。斜斜几笔，意境深远，天边几缕云，卷住远处几只羊，苍苍茫茫的绿，把大地铺展到远方，牧羊的少年骑着马在风中衣襟飘飘。

宛若用埙吹出的纯音乐，挟持着茫茫无际的风，挟持着满天满地的雪，低低的，暗暗的，幽幽的，一声又一声地撞击着耳膜，心里的回声荡漾成一出又一出的月光，凛意寒寒的月光洒满草原，洒满河流，洒满抬头仰望的脸。

如果仅仅只是这些，又如何让人心动，之所以念念不忘，是为了文中鲜活的人。牧羊的姑娘，醉酒的汉子，天真的小孩，赶毡的妈妈，做饭的外婆……

一个被遗忘的角落，偏安于世界之外，独自、安静、纯净；一群可爱的人们，淳朴、勤劳、善良……

2.

"进山牧羊皮子的维吾尔族老乡总是围着我家沼泽边的炉灶烤火取暖。我外婆在炉边做早饭，他们一边烤火，一边你一句我一句地恭维我外婆高寿、身体好、能干活……而我外婆一直到最后都以为他们在向自己讨米汤喝。更有意思的是，我外婆偶尔开口说一句，所有的人立刻一致叫好，纷纷表示赞同，哪怕她在说：'稀饭怎么还不开？'

稀饭沸开了，外婆就会进帐篷捧出一摞碗出来，为他们一人匀出小半碗滚烫的米汤……"

随意摘取文中的一小段，人物的鲜活可爱，跃然纸上。善良，淳朴，热情的人，彼此不认识，却在见面的第一次，好比久未重逢的老友。没有猜忌，没有心机，敞开心扉，亮腾腾地信任。这样的美好，是阿勒泰角落独有的纯净，未经污染，如雪晶莹。

这就是李娟文字动人的地方，踏踏实实的语言，安安静静的描述，朴朴素素的表达，却把人与人之间的淳朴与信任，镶嵌在日常小事中。

一则则的故事，一篇篇生动。

在阿勒泰，不管是谁，只要掀开帐篷的帘，那就是客。主人必是热情的，煮好奶茶，奉上馕饼，用家里最好的东西一一招待。一个姑娘在阿勒泰的旷野里乱走，不担心遇到坏人，因为这里的每一个人都是和善的。在阿勒泰，出门时不需锁，也无法锁，因为没有门，但是不用担心，没人会拿走主人的东西，即使主人家是开杂货铺，有很多很多可拿的东西。夜晚，冬天，天寒地冻，一个陌生男人掀开杂货铺的门帘，他们会像到自家一样，走到炉火前，添上一块煤……

这就是阿勒泰，之所以动人，是从天到地的干净，是一草一木的纯美，是人与人之间的信任。

李娟的文字自然朴实。

有人说：天籁般的记述里，文字嫩绿地摇曳，发出的枝条，带着长长的触须。

有人说：剔透天然之下，又能促使我们再一次思考文化的多样性与互补性。

而我说：最动人的是人与人之间的干净。

天地静美，草地上的牛羊，天上的云朵，喝着奶茶吃着馕饼的人，真干净……

香草美人

这么多年，一直有个心愿，去看薰衣草，看成片成片的薰衣草。

可惜，江南一带，少有薰衣草。

法国的普罗旺斯，以薰衣草扬名世界。一支支，一片片，伞状生发，顶着穗状的花序，簌簌摇曳，起伏蔓延。

向往它的香，肃爽清新，浓郁宜人。

它还有一个名字——香草！这名字真是好，香草，多像一个美人。每一支薰衣草都是一个香草美人，紫色的眸，紫色的裳，紫色的发，以及紫色的浪漫。

一直想着一袭长裙去看薰衣草，端庄而隆重。淡淡的香，轻轻的紫，如烟似雾，大片大片，繁盛、绵延、泼洒。衣裳拂过盛开的薰衣草，香气婷婷；肌肤触过盛开的薰衣草，芬芳跌宕。放眼望去，一色的紫，蜜语芬芳。

这样的念想，如墙缝中的花，固执地开。

多年以前，看过一部连续剧《雪山飞狐》，里面有个姑娘叫袁紫衣，她总穿紫色的裳，戴紫色的纱帽，一方紫色的纱巾遮住面容。她骑着马，佩着剑，哒哒地疾驰，如一阵紫色的风，不可追。这样的一个女孩，是盛开的薰衣草，高贵，清冷，如梦似幻。

琼瑶的连续剧《一帘幽梦》，有一女孩叫紫菱。费云帆带着紫菱去法国，浩瀚的花海中，紫菱奔跑欢笑。那时的她经历爱情的殇，内心许多尖锐的痛，在薰衣草抚慰之下，轻轻释放。紫菱，浪漫、纯洁、纤细、热情又诗意，这样的她也是盛开的薰衣草。

那年，去青海，途经黑马河，偶尔遇见一片紫色的小花。其时，天已暗淡，风已启程，一片片乌云，将落未落。可是，顾不得，我心里认定，它们就是我念念不忘的薰衣草，拉着女伴，不管不顾地奔向那广袤的花海。

一片片紫色的花，矮矮的，凌乱的，寒风中，瑟瑟发抖。

我却是激动的，简直就是忘形。匍匐在花海中，宛若顽童。

我认定它们就是我心心念念的薰衣草，固执地要拍照。女伴笑了，说，你怎么一见到花，就犯了痴病。这样的紫花花，哪里没有？

是啊，哪里没有？它们当然不是薰衣草，只是我的一厢情愿罢了。就好比，一直思念一个人，哪怕只看到相似的背影也会发怔发傻。

一些念想奔腾不息，揭开、泛滥、成灾。

凛冽的黑马河，天空低垂，暮色四合。我与一地紫色的花，对视、流连忘返。

杭州多花，却少有薰衣草。

那日，微信里，看到城北瓶窑"薰衣草"的图片。终是忍不住，约了同伴，顶着烈日，兴高采烈地寻花去。

路有点远，七弯八拐，车子开过头又倒回来，寻寻觅觅，终是找到了。

半山腰，大片大片的紫，缭绕蒸腾，层层叠叠，仿若一团紫色的云在梯田中弥漫。足够多，足够美。我们忘却炙热的太阳，欢呼跳跃，再远的路，也值得。

正是"薰衣草"的鼎盛时期，它们茁壮、澎湃、汹涌，密匝匝、细碎碎，端出最清丽的模样。一朵依一朵，一簇挨一簇，一片带一片。满目的紫，满田的花，涨潮的春溪一般，哗啦啦地满溢而来。眼睛装不下，怀抱装不下，脚步亦无法丈量，想赞美，不知用什么样的词来形容。在这样的盛大面前，任何言语都是贫乏的。

沿着田埂，慢慢地行走。上面，下面，前面，后面，是花，是花，还是花。置身紫色的海洋，眼睛长出紫色的蝶，紫色的星，紫色的光，一时之间，耳朵清明，恍然听到花朵有力的心跳从泥土深出声声传来。

喜欢这样的亲近，似曾相识。眼睛所攫取的，抵达到心里，有喜悦、甜蜜、芬芳在胸膛欢乐奔跑。

有什么好忧愁的呢？看看这每一朵盛开的花，看看这重重叠叠的紫，身心轻盈。

有人说，这不是薰衣草，是马鞭草。

其实，都晓得。对植物那么喜欢，怎会不知马鞭草与薰衣草的区别？

马鞭草又如何？它亦是美丽的，它和薰衣草一样，纯真洁净。在古欧洲，马鞭草被视为神圣之草，能驱除污秽。

薰衣草的花语：等待爱情。

马鞭草的花语：期待爱情。

多么奇妙，如同双生姐妹。心怀美好，永远在路上。

在我敲下这篇文字的时候，同事王老师给我发来新疆薰衣草的美景。她是有多么懂得，懂得我的欢喜，我的思念。

七月的新疆，薰衣草盛装而来！那么多，那么多的薰衣草，在蓝天下如同奔腾的河，美得让人窒息。

总有一天，我会去看真正的薰衣草，漫坡，漫坡，如丝如绸，如烟如雾，赏也赏不尽，看也看不完。

烟火爱情

窗外，络绎不绝的爆破声，一声一声在天空炸响。先是一条长长细细的声线蜿蜒而上，到了半空中，猛的一声巨响，砰然爆裂，拼了命地轰轰烈烈，不管不顾地玉石俱焚。密集的响亮划破了暗夜的沉寂，有什么在大张旗鼓地宣誓。是什么呢？哦，该是有人结婚了。

小城很小。结婚的年轻人总爱大肆地用烟花庆贺。于是，一旦到了喜庆的日子，小城的角角落落便燃起烟花，好比春天的鲜花一嘟噜一嘟噜，冒个不停；又如喷涌的珍珠泉，一串一串地拱出，前赴后继，争先恐后。东边的才刚上去，西边的却已炸开。此起彼伏，甚是热闹。

家里的窗棂涂满喜气的色泽，镶嵌在窗口的烟花，成了夺目的明媚。层层叠叠，风华绝代。吞噬你的眼，侵略你的神。不能挪移，不能言语，唯有呆呆地，呆呆地注视，恨不能用眼睛容纳这倾城之色，让心游走云端，跟着烟花一起绚烂。

看着烟花总会想起爱情。

爱到深处便是浓烈的烟花绚烂。你中有我，我中有你，巴不得分分秒秒在一起。总是思念，一日不见便失了魂，丢了魄；又似行尸走肉，浑浑噩噩，不知此时此刻是何年何月。

好不容易在一起了，便是满世界烟花绚丽。

　　他觉得她温柔可爱，是世上最好的唯一。她觉得他睿智聪明，是万里挑一的人选。相看两相喜，浓情蜜意在眉梢，在笑颜，在发端。一举一动都生动，一言一语都温柔。才一个瞬间，便如洒了阳光的鲜花，袅袅婷婷，欲语含羞，美丽不可方物。

　　世间所有的甜言蜜语在这一刻都那么自然与妥帖。

　　他说：即使是一片落叶掉在你的发间我都要心疼好半天。

　　她亦会说：你是刻在我心壁里的痕，哪怕只是微微地皱一皱眉都要牵扯我的心。

　　她是他手心里的宝，他是她心口的朱砂痣。谁也离不了谁，仿若相互之间有看不见的磁场，即使隔开也能找到引力的源头。这样的情景，蜜里调油，莫如天上刚绽放的烟花，亮得让人嫉妒，美得让人慌神。

　　只是，烟花终究要凋落的。美到极致的东西都隐藏着一场惊心动魄的毁灭。一如爱情，甜到蜜里，爱到骨髓里，便是痛，便是疼，便是毁灭。

　　有人问：烟花燃烧时是在痛苦地呻吟，还是含笑地流泪？

　　问这话的大抵是中过爱情的毒。总有被爱情伤着的时候。那样的感觉如正被剥鳞片的鱼，一层一层地刮，一片一片地撕，扯着心，连着肺，全身都痛，却说不出到底哪里不好了。又如把那个叫"心"的东西支架起来放在烈焰上炙烤，嘶嘶，滋滋，刻骨蚀心。很容易想到绞刑，钻入套圈的绳子里，一丝一丝地拉紧，勒出一道道紧致的痕，抽丝剥茧，恨不能让窒息早早到来，让昏厥带走一切。

烟花在燃烧。噼里啪啦的火苗描绘成美丽的形状，像散落的珍珠，像逶迤的流星。极致的美，极致的痛，极致的毁灭。满目苍凉。那么凉，那么凉。

它在坠落。珠光渐渐消亡，炸飞的碎屑纷纷扬扬。谁会认得它？谁会垂怜它？细细碎碎，散落无迹。那么破败，那么残损。

卑微地随风低旋。唯有，悲凉的情绪在片段里止不住地回环追忆。

爱过，痛过。很多时候，爱情也死了。一如湮灭的烟花，融入黑暗的羽翼，不思不语，不声不响，追随夜风，成为无痕。

烟花那么凉薄，那么短暂。它却还在兀自笑颜，蓬蓬簇簇，像洒落的珍珠，像绽放的鲜花。这边还未燃尽，那边却已盛开，一朵比一朵绚丽，一次比一次炙热，花瓣如雨，纷纷坠落。天空如翻倒的五彩盘，华光异彩，娇媚满天。

是了，今天有人要结婚。新婚的人必定觉得烟花是浪漫与炽烈的。

爱情生生灭灭，永不停歇，烟花明明灭灭，绽放不止。

笑比烟花绚丽的是一对对挽臂的新人。

可，再过十年，再过二十年，他们还依然笑颜如花吗？

谁知道？谁也不知道，烟花也不知道。它还在上升，落下。

或许，就如雪小禅所说的一样，宁可拼上性命也要轰轰烈烈爱一场，也好过平平淡淡过完一生。

如若这样，所有的烈焰都只为生命的丰盈，所有刀尖上的疼都只为蜕变的成熟。

生活小事，且记且思

1.

家楼下有一条街，来来去去，我都要经过。这条街横竖两条，两个方向，两种景象。竖着的是南宋御街，明显冷清;横着的是河坊街，总是很热闹。

搬来一年多光景，并无真正去看看这条街。

那日，饭后，带着丫头去散步。喜欢安静的我选择南宋御街。一路的青色石头，一路的安静悠然，一路的水渠清清，一路的干净古朴。

街上的人三三两两，恰好。

街上的景安安静静，恰好。

看看两旁的古屋，听听水渠的声音，心很安宁。

转角的时候，居然遇见歌声。一个自弹自唱的街头艺人，声音似刀郎。

那歌声飘过街角，飘过屋顶，飘过水渠，飘过我心里。

我看到黄昏沉浸在音乐里的样子，安静柔软。

感慨，油然而起。近在咫尺的美好，缘何一年多才遇见?

人啊人，总是被忙碌的枷锁套住。

每天的每天，被一些所谓的正事裹得严严实实，勒得筋疲力尽。

如果懂得自己解套，适时放松那些捆绑，每天的每天都应该如这条御街一样美丽。

2.

骑着车子走了老长老长的一段路，终于找到一家修改衣服的店。

小小的店铺，凌乱不起眼。

修改衣服的老板娘是个中年女子。因为我的到来，吵醒了她的午觉，一脸的不耐烦。走的时候，我习惯性地说了声："您辛苦。"顿时，她笑了，和蔼祥和。

原来人与人之间，只需一句温暖的话语。

去拿衣服却是第二天的下午。

店里很热闹，四五个老太太。

老板娘问："你买这么多衣服是因为结婚？"

"啊？不是，学校里表演用。"我诚惶诚恐。

"你是老师！"

周围的老太太也一惊一乍。

……

她们将我围拢，从头到脚，从脚到头。扫描，打量，打量，扫描。不算明亮的眼睛里因为羡慕与向往满是光芒。

"你是怎么找到我这里的？"老板娘开始面露自豪。她为一个老师修改了衣服。

猛然羞愧，为自己突然的待遇。在杭州，老师的待遇不算高，并无特别光荣。一直以来，把自己放在很低、很低的位置，今天却被一群老太太羡慕。

拿起衣服匆匆夺门而出。

一路上，却微笑着。

原来，幸福是对比出来的。当你在羡慕别人的时候，也有人羡慕着你。不能老是仰着脖子往高处看，偶尔低头往下望一望，你会发现，已经拥有的，都是弥足珍贵的。

3.

每晚陪丫头练琴，枯燥冗长，考验耐心。

我变着花样，让她弹得开心一点。

"那天，有个五岁的小姑娘也学习古筝，结果老是弹不好，她妈妈让她从六点练到十点，还不停地训斥。"我对丫头说。

我的本意是想借这个故事中的主人公来凸显自己的耐心，好让丫头知道她有个多么好的妈妈。

没想到，她头也不抬，说："练不好是因为还太小。"

"太小？"我问。

"是的啊，才五岁，还那么小，弹不好很自然啊。"她说。

"我比那个妈妈好吧？"我一脸"媚笑"，一副巴结的样子。

"那个妈妈肯定是疯了。"丫头又冷静地抛出一句话。

"疯了？"我惊奇地问。

"是啊，不是疯子怎么会不停地骂自己的孩子，还那么迟不让孩子睡觉，肯定是疯了。"丫头说完还点了点头。

……

童言稚语，醍醐灌顶。想到皇帝的新装，那个唯一说真话的孩子。

看身边多少望子成龙的父母，把沉重的期望捆绑在孩子身上，美其名曰"爱"。

结果"爱"变成了利剑，伤了自己，伤了孩子。

丫头说："弹不好是因为还太小。妈妈如果还责怪，那肯定是疯了。"

……

若有所思，若有所思。

我的丫头也还小。

我不要做一个疯妈妈。

思念

居然已经十一点多了。灿灿，你在的时候，我都是九点和你一起入睡。

你看，你离开我才几天而已，我就开始无规律了。

十一点多了。灿灿。你的砚台睡了，你的毛笔睡了，你的古筝睡了。那么，灿灿你呢？你肯定也睡了吧。你睡在文成某个乡村夏夜的温柔里。梦中有什么呢？是窗外雀跃不歇的蛙声，是树间此起彼伏的蛐蛐声？我想，你在梦中肯定很忙碌。是啊，你的舅舅带你去游泳了，你的外婆带你去河边散步了，你的奶奶带你去超市买东西了。灿灿啊，灿灿，那么多亲人的爱围着你，绕着你，你有没有时间想起我呢？

我有时间想你了，灿灿。大把大把的时间在想你，看到毛毡想起你，看到宣纸想起你，甚至今天手划过古筝琴弦那一串串的"叮叮咚咚"也说想你了。

你看，我是不是很没用。我以为你不在的时候，我就是放假了。我可以尽情看书，可以尽情写文章。可是，我看着看着就会看到你用过的本子横在我的视线里。我写着写着就会看到你撕开的小饼干袋躺在我的电脑旁。于是，我翻开本子，一字一句，一字一句都是你稚拙的语言。于是，我拿出小饼干，一块一块，一块一块都是你的笑脸。

灿灿，我们的房子很小很小。可是，少了你。我觉得一下子变得很大很大。我从这个房间踱步到那个房间，我再从那个房间踱步到这个房间。寂寞的足音无法丈量我想你的边沿，它把小小的房子撑到很大很大，像一个吹爆要破裂的气球。我拽着气球的线，悬浮在空中，我听到你的小书包在说好寂寞啊，我听到你的铅笔在说好寂寞啊，我还听到你的小鞋子、小袜子、小裤子都跟着我漂浮起来了，大家一起忧伤地说："好寂寞啊！"

灿灿，如果你看到这里你肯定会笑，歪着你的小脑袋说："啊？啊？袜子，裤子怎么会说话呢？"

"是啊，是啊，怎么会说话呢？只是我在说而已呢。"

"妈妈又骗人了。"你会这么说。"骗的就是你！"我会这么答，然后抱起你，挠你的胳肢窝，直到你笑得喘不过气来为止。

咯咯咯，哈哈哈，仿佛你的笑声还在呢。那笑啊，是明亮的太阳，一地流淌，洒到太阳花里，花开了；溜到在铜钱草里，草绿了；跑到我们天天一起看的蟹爪兰里，蟹爪兰长高了。花儿们此刻竖起耳朵，静静的，静静的。嘘，原来它们把你的笑声吸收吐纳。是啊，你的笑是阳光有养料，这些花儿，草儿都是你的快乐滋养出来的呢。

而灿灿，你今天在乡村又玩了什么呢？乡下大片大片的稻秧，碧绿碧绿地铺排在门前，各色各样的瓜果，拼了命地爬满高高的墙，活泼雀跃的小鸡、小鸭和小狗自由自在地踱步。

有没有在南瓜花里抓萤火虫？有没有在稻田里看青蛙？但我知道，你肯定又把太婆舍不得吃的肉骨头偷偷拿给小黑狗了，我知道你肯定蹲在屋后的小箱子里把青菜送给小白兔了，我还知道你肯定趴在小池子旁边对小鲤鱼们自言自语了。

原来你这么忙，这么忙。难怪都没打电话给妈妈了。你和亲爱的外婆在一起，幸福得一塌糊涂，怎么有空想起我呢。

那年，你三岁。你当着全家的面宣布你最爱的人是外婆。当你用那甜甜的嗓音说出这句誓言般庄重的许诺时，你的外婆，乐得合不拢嘴，把你抱在怀里亲个不停。

那么，我呢？我在你的心里是什么呢？灿灿。我想很多时候成了一种命令吧。

我总是不停地喊着：灿灿，写作业。灿灿，跳绳。灿灿，练字，灿灿，弹琴……

你看，你看，你的妈妈扮演着一个多么令人厌恶的角色啊。难怪，你接到我的电话，不激动，不热烈，你只是淡淡的，淡淡的，没说几个字就挂了。

电话里"嘟嘟嘟"的声音，在今晚空荡荡的家里碰壁回音。

黑夜放大，放大。我看到往日里，我对你说的话渐渐融化，融化。

灿灿，吃饭。灿灿，看书。灿灿，睡觉。

是的，灿灿，睡觉。

睡吧，睡吧。我的宝贝安安静静入睡……

一曲《相思》在电脑里循环回放，缠缠绵绵，缠缠绵绵，一声一声拉出的都是思念的线。

我看到我的思念变成飞翔的蝶，呼啦，呼啦，一只一只飞到你梦中……

美若黎明，不似人间

在江南待久了，向往大高原的风情。迷迷蒙蒙的水乡氤氲，能把人的惰性挥发。忘了最初有一种情怀，鲜衣怒马。

无数次去过高原，在梦中，在画里，在文字的临摹中。

想象昂昂站立，从风的这一头，到风的那一头。是一匹出厩的野马，奔腾嘶鸣。十万万里的宽广，莽莽苍苍的凛冽，安安静静的辽远。

想象着风从这一头的脚下，呼的一下，奔向望不到的那一头。无拘无束，无遮无拦，那样的姿势，无比自由，无比飞翔。想象着目光能从这一边的草地，"哗"的一下，滑过那一头的天。能和天边的云彩接个甜蜜的吻。那样的肆意，无比直接，无比赤裸。

心的意念，是翅膀，驮着想象飞。

终于，还是成行了。青藏高原，天蓝，云白。

八月的青海，冷风飒飒。我认定，我前世属于这里，今朝认领前生踏下的足迹。

远远地见到湖。蓝，无比的蓝。是谁的投影，给予蓝，如此深厚的内容？风过，一湖的蓝，泛起微波。蓝色的眼睛在眨动，像一块巨大的玉，卧在湖中，闪闪发光。等着，等着一双走失的眼睛，来认领前世的从属。

风，凌乱地吹，发丝卷着丝巾狂乱地飞，如此刻的心跳，急促、剧烈、不安。只一眼，远远的一眼，相同的频率，在湖的那边，在湖的这边，毫无预兆地合拍律动。

不敢靠近。那湖，是藏人心中的圣湖？那样的靠近，怕想象走失了本真？怕神圣的蓝，无法承担我仆仆风尘的疲惫？

远远地，远远地，安静地望着，望着。

青海湖，如同天空的一滴泪。纯净，纯美，惊为天人。高原之上，蓝天之下，不哭，不悲，不恸。却比哭，比悲，比恸，更直抵人心。如同刀，如同斧，如同石，一下，一下，砸开声声叩问。是你吗？真的是你吗？这厢眼睛疑问一朵朵，那边湖水泛滥一簇簇。

是初见，却，又不是初见。初见在梦中，在想象中。青海的湖，每一道荡漾，每一条起伏，每一片皱褶，都拂过我想象的细枝末节。每一处，妥帖契合。

想象匍匐，真实站立。

眼睛，饱蘸思念的水，以深情，以喜悦，以缠绵，掠过湖，掠过风。湖心的秘密在我的眼睛，湛蓝新鲜。

凛冽的冷，贯穿肺腑。是风，风把湖水迎面吹来。风中有淡淡的咸。湖的味？泪的味？无法说清，不想说清。情绪是一道曲曲折折的线，躺在湖的怀抱，缓缓起伏。

阳光劈开云层，洒下金光一道。远处，天海相接的蓝，闪着鬼魅的眼，如同揉碎的万千星辰的光芒。白的、亮的、冷的、蓝的，闪闪烁烁、明明暗暗。是久别重逢的诉说，说着湖的咸，说着风的轻，说着天的蓝，云的白……

凌晨，得以亲近湖。

据说，青海湖的日出，美轮美奂。

凌晨的青海湖，漆黑一片。却有风在盘踞，如同一只巨大的黑鸟，展开硕大的翅膀，在湖的上方，盘桓徘徊。风挟持着水，掀起湖面的冷，如箭，毫不留情地贯穿。所有的衣服缠绕，所有的围巾包裹。依然无法抵挡，清冽的寒。是湖水给予的见面礼。刻骨铭心，如同仓央嘉措在湖边走失的那一天。

湖水滔滔汹涌，仿佛涌动的心伤，是仓央嘉措的魂在呼喊？那湖，如泪，有咸咸的味，可是因为诗人的殇，盘桓不散？

谁的一声喊叫，惊醒我的冥想。

天边暗黑的云，被一道霞光，撕开一道口。如同红红的伤疤，乍泄的光，奔跑着跳到湖面。

暗蓝的巨大之上，星星跳着舞。那些光，金色、黄色、红色、霓色。一点点，如同撕碎，美到忧伤。

风狂乱地吹过我的发，狂乱地吹飞我的丝巾。青海湖，掀起波涛滚滚，仿佛把霞光揉进怀中。那样剧烈，那样疼痛，如同海子的诗歌：

七月不远

性别的诞生不远

爱情不远——马鼻子下

湖泊含盐

因此青海湖不远

湖畔一捆捆蜂箱

使得我凄凄迷人

青草开满鲜花

青海湖上

我的孤独如天堂

……

阳光下。青海湖畔，油菜花儿黄。

你见过油菜花，肯定的。但你见过那么多的油菜花吗？在八月的天空之下，磅礴怒放，如同战争，如同仪式，如同誓言。

是生命的质问，一朵一朵的咆哮直指蓝天。油菜花，肆意绽放，一朵一朵，一片一片，一团一团。艳，睁不开眼。亮，扑面而来。美，无法呼吸。一地金色，随意流淌。青海湖边，蓝的蓝，黄的黄，各自凛然，又互相融合。如同摊开的诗歌，每一句，每一节，荡气回肠，回味无穷。

每一朵花，需要孕育多久，才能抵达那样的黄？每一寸湖，需要经历什么，才能拥有这样的蓝。黄的花，蓝的湖，相依相偎，以及，天边漫溢而来的白云朵朵。这是画，美到无法言说的一幅画。不能出声，不能表达。眼睛的像素亦无法采撷，只能用灵魂触摸，触摸每一道色彩，又鲜艳，又炽烈，又宁静，又寂寞。如此奇异，如此矛盾，却又如此和谐。这是色彩的极致，这样的美，属于天外，不似人间。

安静，发呆。把自己丢失在黄的黄，蓝的蓝，白的白中间。

青海湖，一滴来自天空的眼泪，闪烁着属于八月的表达。

西溪，且留下

因为《非诚勿扰》，知道西溪。

影片中最浪漫的镜头便是舒淇和方中信摇橹夜游的片段。水声哗哗，芦苇丛丛。夜，闪着宁静的眼悄然注视。相爱的人儿置身于悠然的小船之上，桨声水影中，心在交流，手在相握……那一刻的相依相靠，唤起了女性所有的浪漫遐思。

一部影片下来，这个镜头植入无数观众的心中。

当我终于坐上小舟荡漾于西溪之上时。水，便以它的温柔包围了周围的景。这里的水不清透，甚至有点浑浊。暗绿中掺着黄，厚重而滞缓。导游说，水是西溪的灵魂，这里水道纵横，只因水位较浅，小船较多，船桨触动水底的淤泥，所有总是不清澈。

映着水的，便是岸边的野生植物。船在水面温柔地扯出一抹逶迤的细浪，岸上的风便在细浪美丽的波纹里娓娓而来。一棵棵不知名的小树，慎重地开满白花。花色并不艳，花形也不娇。但，一树花开，却缔造了一种隆重的美。绿叶白花热情地撞入游人的眼。有的枝丫触着水面侧影而照，水光花色两相和，有的伸着长枝直指蓝天，沐浴着阳光，朵朵明媚。有的一绺绺地垂下，铺展着如瀑的长条，不禁让人想起千朵万朵压枝低的热闹。

岸上的野果，似草丛里的星星，总是赢得小孩惊喜的呼声。红红的野草莓，鲜艳欲滴，浓浓的汁液仿佛随时破皮而出。紫黑的桑葚，缀满枝头，颗粒饱满，又紫又红，诱惑着人伸手去摘。不知不觉，竟真的触手而去，不禁哑然失笑，隔着水，还遥远着呢。

岸上，最常见的莫过于芦苇。丛丛的芦苇随处可见，像剑一样的苇叶，片片伸张，交错而落。一棵棵，一簇簇，一片片，深深浅浅的绿，层层叠叠，密密麻麻，接踵摩肩。风过，倏的一下，犹如电流击过，苇叶起伏不停，漾起绿波层层，晃动细浪哗哗。不禁遐想，满湖白花飞溢，漫天雪花起舞，那该是何等的美妙。

上了岸。便直奔《非诚勿扰》的拍摄地。一棵犹如五指伸张的老樟树，矗立在岸边。不远处，一舟杳然停泊，便是影片中方中信和舒淇夜游的小舟了。白花花的阳光下，小舟极其普通。蓝底的印花染布罩着船的蓬，罩着船凳，罩着船桌。细长的形，微翘的两端，一支橹，静静地横卧船头。

登塔远望，整个湿地的景观一览无遗。古味意蕴的小屋，错落层叠，高低延伸，坐拥不小的规模。碧绿的水围绕着白墙青瓦的房，掩映着浓浓叠叠的树。间或，小巧别致的亭点缀其间，黄红缤纷的花洒在其中，更兼那弯弯小桥，荷塘柳荫，浮萍朵朵……一幅生香活色的江南水乡袅袅铺展。

顺着导游的指引，过了桥，走入浓荫绿树之间，匍匐在水边的植物吐着红艳的花，如燃烧的火焰一般。过小径，踏梅林。青青世界赫然出现。到处都是绿，绿的草，绿的树，绿的水，好似一幅宁静的山水画，宛然呈现。

天然，野意，淡泊，清远，在繁茂的青青世界里吐纳呼吸，蓝天为顶，野花为屏，苇叶为伞。听蛙鸣鱼欢，看青梅桃李。不觉间，心胸了然开阔。这天然的氧吧似净化器，俗世的烦恼经它过滤，渐行渐远……

据说宋朝皇帝赵构曾曰："西溪，且留下！"留下了对西溪的美好印象，留下了再游西溪的畅想，留下了西溪建造行宫的景愿。

西溪，且留下！我也在心里默默地念叨。等到蒹葭苍苍，雪舞白花之际，再游，再赏……